사랑이 스쳐간 자국
2권

배경식 자전 장편소설
사랑이 스쳐간 자국 2권

2025년 9월 30일 처음 펴냄

지은이	배경식
펴낸이	김영호
펴낸곳	도서출판 동연
등 록	제1-1383호(1992년 6월 12일)
주 소	서울시 마포구 월드컵로 163-3
전 화	(02) 335-2630
팩 스	(02) 335-2640
이메일	yh4321@gmail.com
인스타그램	@dongyeon_press

Copyright ⓒ 배경식, 2025
이 책은 저작권법에 따라 보호받는 저작물이므로, 무단 전재와 복제를 금합니다.

잘못된 책은 바꾸어 드립니다.
책값은 뒤표지에 있습니다.

ISBN 978-89-6447-717-5 04810
ISBN 978-89-6447-715-1 04810 (배경식 자전 소설집)

* 이 책의 본문은 을유1945 서체를 사용했습니다.

┃ 배경식 자전 장편소설 ┃

사랑이
스쳐간
자국

2권

배경식 지음

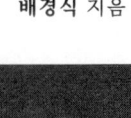

소설을 쓰며

저마다 다른 사람들의 일상과 삶을 담아

하고 싶은 사소한 말을 글로 남기고 싶었다. 사소한 말은 개인 이야기다. 혼자만의 이야기가 아니다. 조우한 사람들과의 이야기다. 가족의 이야기, 교회와 학교의 이야기, 식이가 속해 있던 국가 사회의 이야기다.

어디서부터 시작할까가 문제였다. 상상의 날개를 폈다. 식이가 갓난아기 때 눈을 맞춰 보았던 할아버지와 아버지를 작가의 상상력으로 초대해 보았다. 말은 못했으나 그분들이 식이에게 이야기를 해주셨다. 그간 만난 사람들이 식이에게 많은 조언도 해주셨다. 그래서 지금까지 식이는 생존해 있다.

다 잊혀진 이야기였으나 그것이 되살아났다. 그리고 그분들과 교감을 시도해 본다. 그 대화를 기억으로 더듬어 모아 『사랑이 스쳐간 자국』을 열어 보련다.

식이의 이름을 점식이라 지어 주셨던 할아버지. 점식이는 무릎에 제주도까지 선명한 한국 지도를 지니고 태어났다. 할아버지는 억울하게 돌아가셨지만 아버지는 할아버지의 명예를 회복

시켜 드렸다. 고래 싸움에 새우 등이 터진다더니…. 그 거센 여파에 식이 가족은 뿔뿔이 흩어졌다. 그들은 죽은 자가 되었다.

민들레 포자가 되어 희고 노란 꽃을 피워내고 있다. 잊혀진 자가 생존한 자를 되살려내는 게임의 법칙이기도 하다.

식이 이야기 속에는 사람들의 일상과 삶이 들어 있다. 사람들은 저마다 다르게 이야기한다. 웃으면 비웃는다고, 울면 왜 우느냐고 지적하는 모진 사회기도 하다. 그래서 식이는 아예 사도 바울의 "즐거워하는 자와 함께 즐거워하고 우는 자와 함께 울라"(롬 12:15)는 말을 기억하고 있다.

식이는 이야기를 글로 남기면서 웃기도 하고 울기도 했다. 사람은 결국 웃고 울다가 사람들과 아쉬운 작별을 하는 것 같다. 그래서 작별하기 전에 따뜻한 포옹을 더 하고 싶다.

"하나에 하나를 더해 둘이면 나와 다른 사람이다. 하나가 되면 가족이다." 결혼식에서 흔히 듣는 청춘 남녀의 격려사다. 하나에 하나를 더해 영이 되면 어떻게 될까? 이것이 사랑이다. 주면 받고, 받으면 주어서 남는 것이 없는 그것이 사랑이다. 더해도 빼도 아무것도 남지 않는 불변의 사랑, 이것이 참사랑이다.

불교에서는 이것을 '공허'(空虛)라고 했을 듯싶다. 신약성경에서는 '십자가'(十字架)로 보여지는 하나님의 사랑이다. 다 버리고 떠나 홀로 남은 그 사랑, 주어도 주어도 끝이 없는 사랑, 받아도 받아도 더 받고 싶은 그 사랑, 다 받고 다 돌려준 그 사랑이 참사랑이다.

세상의 모든 죄악을 양 어깨에 짊어지셨다는 어린 양 예수의 희생적인 사랑! 눈물의 고통과 탄식, 한숨과 절망이 도사려 있는 그곳에서 한 줄기 희망의 빛을 찾으려던 아들의 외침을 하나님이 외면하셨을까?

십자가 밑에서 눈물을 흘리는 거룩한 모성애를 결코 잊지 마라. 총부리를 겨누며 탱크를 앞세우고 살육을 자행하던 그 무지막지한 5·18 계엄군과 군화발의 짓밟힘 속에서 항거하던 꽃다운 청춘들이 되살아난다.

내동댕이쳐 깨진 항아리를 맞춰 가며 아베 마리아의 의연한 삶의 부르짖음을 듣고 있기나 하고 있는가?

설령 "신은 죽었다!" 말해도 좋다. 죽었다면 살았던 것이고, 없다면 이미 있었던 것이 아닌가? 그래서 사랑은 아무것도 남기지 않아야 참사랑이다.

겁에 질려 말 한마디 못하고 숨소리조차 내쉬지 못하던 주변 사람들의 틈바구니에서 속으로 속으로만 삭여야 했던 그곳에 사랑의 숨결이 있었다는 말이다. 사랑은 아무것도 남기지 않는다. 누군가가 하얀 소복을 입고 가벼운 종이를 태워 공중으로 날리는 것이 사랑의 증표다.

가거라 가거라 널리 널리 바람 타고 날아가거라.
소리가 되어, 재가 되어, 새가 되어, 독수리가 되어
날아라 높이 높이 세상이 볼 수 있게.

걸어라 앞으로 앞으로

늙은 코끼리가 되어 쿵덕쿵덕 사지(死地)를 찾아 자기 길을 찾아가거라.

그곳에 비가 내리고 햇볕이 쪼이면

어느 봄날엔가 포자(胞子)들이 바람결에 날아와

한송이 민들레를 여기저기 희고 노란 꽃들로 밝혀 주리라.

짧은 생을 살았던 윤동주 시인의 『하늘과 바람과 별과 시』에서 「서시(序詩)」를 인용해 보려 한다.

죽는 날까지 하늘을 우러러

한 점 부끄러움이 없기를,

잎새에 이는 바람에도

나는 괴로워했다.

별을 노래하는 마음으로

모든 죽어 가는 것을 사랑해야지

그리고 나한테 주어진 길을

걸어가야겠다.

오늘 밤에도 별이 바람에 스치운다.

이 소설책이 빛을 보기까지 방향 지침을 주신 여산 친구 지희와 삼섭, 제자 김기용 목사 그리고 재정적인 부담을 해주신 벌교 지역의 제자들, 은광교회와 성백용 목사님께 감사를 드린다. 세종주님의교회 오경훈 목사와 교우들에게 그리고 세종 연합회 현수동 목사와 연합회 소속 목사님들께도 큰 빚을 졌다. 캄보디아 선교를 할 때 선교비 지원과 건강이 약해질 때마다 의술을 통해 다시 일으켜 세워주신 이철호 원장님과 조병춘 안과 원장님 그리고 최경수 원장님께 감사를 드린다. 특히 아내와 인열, 인아, 신열, 소연, 지연, 소망, 재성에게 감사한다. 이 모두 생존한 자로서 자리매김을 잘 하리라.

2025년 8월
저자 배경식(筆名 방아다리)

차례

소설을 쓰며
저마다 다른 사람들의 일상과 삶을 담아 저자 배경식 _ 5

4장 걸으며 생각하기

1. 더 넓은 곳 _ 15
2. 콩콩 팥팥 _ 28
3. 돈 없는 서러움 _ 35
4. 나의 갈 길 다 가도록 _ 45
5. 회개와 거듭남 _ 54
6. 삐빠빠 룰라(Be-Bop-a-Lula) _ 66
7. 군계일학 _ 84
8. 꼬리가 아닌 머리 _ 91

5장 예와 아니오

9. 대학 사춘기 _ 101
10. 눈감 땡감 선거 _ 108
11. 10월 유신과 기독학생 _ 111

12. 사랑의 흔적 _ 120
13. 회장 선거와 쌍쌍 파티 _ 136
14. 교회 쥐 _ 145
15. 지도자의 외길 _ 161

6장 봄 봄 봄

16. 뿌린 대로 거두리라! _ 173
17. 격전지 순례 대행진 _ 179
18. 처제여, 돌아오라! _ 190

책장을 닫으며 _ 219

4장

걸으며 생각하기

1. 더 넓은 곳

식이가 전주 영생중학교로 전학 온 것은 오직 엄마의 신앙심과 교육열 때문이었다. 식이가 다니던 여산중학교는 시골에 있는 작은 학교라서 엄마는 식이가 보다 넓은 곳에 가서 견문도 넓히고 재능을 마음껏 펼치게 하고 싶었다. 특히 그 학교에서 세운 교회가 추구하는 목표가 "영생은 곧 유일하신 참 하나님과 그의 보내신 자 예수 그리스도를 아는 것이니라"(요 17:3)라는 것이 마음에 들었다.

듣자 하니 강 교장선생님과 부인되시는 김삼순 이사장은 가난한 학생들에게 배움의 기회를 주는 데 열심이라고 한다.

식이가 여산중학교 1학년을 마쳐갈 즈음, 전주에 다녀온 엄마가 넌지시 식이에게 의견을 물어왔다.

"식이야! 전주로 전학을 가면 어떨까? 거기 가서 열심히 공부하여 대학도 가고…."

"언제요?"

"2학년 새 학기에."

"그럼 엄마는?"

"나는 여기서 돈을 벌어야지."

"우리 가족은 언제 함께 살게 될까요?"

"각자 자리에서 열심히 살다보면 그런 날이 오지 않을까!"

"그럼 그때까지 기다려야 해요?"

"그래야지. 하나님이 우리를 지켜주실 거야. 엄마 걱정은 하지 말고 식이 너는 열심히 공부해서 좋은 목사님이 되면 좋겠구나."

어린 식이는 속으로 울음을 참아내며 마음으로 울고 또 울었다. 그러다 슬며시 밖으로 뛰쳐나왔다. 그러고는 얼굴을 두 손으로 감싼 채 엉거주춤하게 서서 소리 죽여 울었다.

식이 엄마는 식이의 여린 마음을 익히 잘 안다. 식이가 왜 말없이 밖으로 나갔는지 모를 리 없다. 덕주의 마음도 식이와 조금도 다르지 않았다.

식이 엄마 눈에서도 처마 끝으로 흘러내리는 빗방울처럼 눈물이 계속 흘러내렸다.

덕주는 눈물 어린 눈으로 벼랑박 중앙에 걸려 있는 예수님의 사진을 바라보았다.

부드러운 서양인의 얼굴을 하고 머리는 여인처럼 길게 늘어뜨린 하나님의 아들 예수님이 내려다보고 계셨다. 붉은 색 옷을 입으신 채.

한 손은 하나님을 가리키는 듯하고, 다른 한 손은 '누구든지 내게 오라'고 손짓하는 듯한 형상이었다. 가슴 부분에 붓글씨로 쓴 글씨가 눈에 들어왔다.

"경천애인"(敬天愛人, 하나님을 경외하고 이웃을 사랑하라)!

"내가 약해지면 안 되지. 식이를 하나님께 맡기면 분명 훌륭한 사회인이 될 거야. 하나님을 경외하고 이웃을 사랑하는 사람이 될 수 있어."

어느 정도의 시간이 흘렀다. 덕주는 방문을 열어젖혔다.

"식이야! 내일 학교에 가려면 일찍 자야 돼. 소변을 보고 들어와서 자거라."

"예, 알았어요. 엄마."

식이는 집앞의 우네 논쪽으로 아랫배에 힘을 잔뜩 주면서 시원하게 소변을 보았다.

떴다 떴다 비행기 날아라 날아라
높이 높이 날아라 우리 비행기

내가 만든 비행기 날아라 날아라
멀리 멀리 날아라 우리 비행기 -「비행기」

실컷 울고 난 뒤 소변까지 보고 나니 한결 몸과 마음이 홀가분해졌다.

식이는 엄마와 함께 전주에 가기 위해 여산에서 동아여객 버스를 탔다. 당시 버스는 앞이 불룩 튀어나왔는데 차가 정차하면 조수가 뛰쳐나가 엔진에 물을 한 바께스 부은 다음 ㄱ자 쇠막대기를 엔진에 맞춰 힘껏 돌린다. 그러면 버스기사가 시의적절하게 가스 페달을 밟아야 시동이 걸린다. 여산에서 정차한 동아여객 버스가 전주로 출발할 때 조수가 시동을 걸기 위해 기억자 쇠막대를 돌리기 시작했다.

"기사님, 이제 돌립니다. 페달을 밟아 가스를 많이 주세요."

"알았네. 힘껏 돌려봐."

조수는 젖 먹던 힘까지 모아 돌리기 시작했다.

"드륵 드륵 드르륵 드륵 드륵 드르륵."

버스기사가 이에 보조를 맞춰 가스 페달을 밟기 시작했다.

"스륵 시륵 시르르윽 스륵 시륵 시르르윽 시륵 시륵 시르르윽."

"야! 좀 더 힘껏 돌려봐."

"시륵 시륵 시르르윽 브르응 부르응 브르응 부르르응."

"더 더 더 더 더…."

"브르응 부르응 브르응 부르르응 브릉 부릉."

"야, 쇠막대기 빼내라. 이제 출발이다. 이놈의 차가 언제나 철이 들려나! 오늘은 지독하게도 말을 안 듣네."

"자, 이제 출발입니다. 기사님, 갑시다. 오라잇."

배불뚝이 버스 안에는 사람들로 가득 차 있었다.

"승객 여러분, 전주 도착하기 전에 금마나 삼례에서 내리실 분은 미리미리 준비하세요. 꾸물대다가는 시동이 꺼져 버립니다."

식이 엄마는 전주에 도착하자마자 입을 틀어막으며 화장실로 달려갔다. 식이는 몇 권의 책과 옷이 들어 있는 보따리를 챙겨 들고 엄마 뒤를 바짝 따라갔다.

엄마는 화장실 안에 들어가지도 못한 채 여자 화장실 입구에 있는 구덩이에 아침에 먹은 것들을 다 토해 냈다.

식이는 엄마가 걱정되었다. 입 언저리에는 토한 흔적이 남아 있고 눈은 충혈되어 있었다. 엄마는 곧 쓰러질 것처럼 비틀거렸다. 엄마의 모습이 도깨비 같다고 느꼈다.

"엄마! 등 좀 두드려 줄까?"

"그래. 손바닥으로 세게 좀 두드리거라."

보따리를 옆에 바짝 놓고 식이는 엄마 등을 두드리기 시작했다.

"어때요?"

"많이 좋아졌어. 몇 번만 더 세게 두드리거라."

식이는 양손을 겹쳐 엄마 등을 세게 두드렸다.

지나가던 사람들이 한마디씩 거든다.

"고생이 많네요. 어데서 오셨어요? 멀미가 심하면 오장육부가 다 뒤집혀요."

"멀미라는 게 애기 낳는 것 만큼 힘들당께요."

그 와중에도 덕주는 대꾸를 한다.

"저희는 여산에서 왔어요."

"아, 부사관학교 있는 곳이요? 우리 아들이 거기서 훈련 중인데."

"예, 맞아요. 그 동네에서 왔어요."

"반갑구만요. 아들이 엄마를 잘 챙기네요. 그놈 참 똑똑하게 생겼구먼. 얘야! 이 돈으로 엄마에게 활명수 한 병하고 안정제 좀 사다 드려라. 멀미에는 활명수가 제일이야."

옷을 근사하게 입은 아주머니가 백원짜리 한 장을 선뜻 식이 손에 쥐어준다.

"감사합니다."

모르는 사람에게 거금을 받는 것이 부담스러웠지만 거절하지 않았다.

"엄마, 나 약국에 가서 박카스 사가지고 올 테니까 여기 계세요."

"아주머니 감사합니다. 그래. 다녀오너라."

식이는 허겁지겁 배차장 차부 옆에 있는 약국으로 갔다.

"아저씨 활명수 한 병 하고 안정제 한 알 주세요."

"학생! 어디에 필요한가? 설마 학생이 마실 건 아니지?"

"우리 엄마가 멀미가 나서 토했어요."

"그랬구나. 차멀미에는 활명수가 좋지."

"안녕히 계세요."

약사에게 거스름돈을 받은 후 식이는 엄마에게 달려갔다.

신기하게도 엄마는 약을 드신 후 안정을 되찾았다. 식이는 엄마가 앞으로 어떻게 여산과 전주를 오고 갈지 지레 걱정이 되었다.

전주 중앙동에 위치한 버스터미널에서 학교까지는 30여 분이 걸렸다. 상가와 주택이 몰려 있는 곳을 벗어나니 산들이 보였고 전주여고도 보였다. 교문 입구에는 큼지막한 낙엽송이 짙은 색을 띠고 있었다. 음악실이 가까운지 피아노 반주에 맞춰 여학생이 노래부르는 소리가 흘러 나왔다.

가시밭의 한 송이 흰 백합화
고요히 머리 숙여 홀로 피었네
인적이 끊어진 깊은 산속에
고요히 머리 숙여 홀로 피었네
어여뻐라 순결한 흰 백합화야
그윽한 네 향기 영원하리라 -「한 송이 흰 백합화」

식이는 자리에 얼어 붙은 듯이 섰다.
"엄마, 잠깐만! 나 저 노래 정말 좋아해. 국어 수업 시간에 이정애 선생님이 불러주셨어. 이 노래 듣고 가자."
식이는 보따리를 내팽개치고 엄마 손을 끌어 잡아당겼다. 그러고는 무작정 교문 안으로 들어가려 했다.
"어이 학생. 거기 서!"
"예, 저~ 저는 저 노래를 매우 좋아합니다. 그래서 노래를 가까이서 들어보려고요."
"여기는 여학교라서 아무나 못 들어가. 밖으로 나가!"
식이는 수위 아저씨에게 들어가는 것을 제지당했지만 노래는 끝까지 들을 수 있었다.

이정애 선생님은 국어 시간에 수업이 지루하게 느껴질만 하면 어김없이 「한 송이 흰 백합화」를 불러주셨다.

식이는 국어 시간이 몹시 기다려졌다. 국어에 흥미가 있어서라기보다는 이정애 선생님의 노래를 듣고 싶어서였다.

전주여고를 지나 좀 더 올라가니 철길이 보였다. 오르막 쪽 철로는 오목대로 가는 길이고, 그 반대 방향으로 가면 전주역이 나온다고 한다. 나중에 안 일이지만 학생들은 이 철길을 지름길 삼아 학교를 다녔다.

우리는 필요할 때마다 기차가 오기 직전에 못이나 쇠붙이를 철로 위에 놓았다. 기차가 지나간 후에 보면 모양이 납작하게 변해 있었는데 그 납작해진 못이나 쇠조각들로 칼이나 나사를 돌리는 도구를 만들었다.

학교에 가서 반을 배정받았다. 2학년 3반이다.

시급한 것은 교과서였다. 엄마가 아시는 집사님 아들이 이 학교 선배여서 그 집으로 헌 교과서를 구하러 갔다. 선배는 라디오로 농구 중계 방송을 듣고 있었다. 식이가 알아들은 소리는 오직 "박신자, 슛 꼬오링!"뿐이었다. 필리핀의 수도 마닐라에서 필리핀과 한국이 농구 시합을 하고 있는데 막상막하라고 했다.

교과서를 산 다음 걸어서 집으로 오다가 서학동 작은집에 들렀다. 작은집은 서학동 공수내다리 옆으로 난 천변 길에 있었다.

"동생, 잘 있었어요?"

"아이고, 형님 오셨네요."

"작은어머님 안녕하셨어요?"

"오, 그래? 잘 있었니? 식이 많이 컸구나. 전주로 전학 온다는 말은 중평리 집에 가서 들었다. 중평리에서 잘 지낼 수 있을는지. 우리도 식구가 많아 여기서 데리고 있기도 마땅치 않고."

"동생, 그런 염려 마소. 공부만 열심히 하면 되지 않겠는가?"

"그렇긴 해요."

"얼굴 봤으니 그만 가보겠네. 식이가 내일 학교에 가야 해서."

"형님, 조심히 가세요. 그리고 식이야! 학교를 오가다가 시간 되면 우리 집에 들러라."

"예!"

이렇게 식이는 1963년 봄 여산에서 전주로 전학을 왔다.

원래 전주 중평리 집은 백씨 집안의 장손인 식이 것이다. 엄마가 여산에 계시니 식이가 따라나왔을 뿐이다. 이 집에는 할머니와 작은아버지 부부, 사촌 동생들 그리고 집안일을 돕는 친척 삼돌이 등 10여 명이 살고 있다. 할머니가 관리하고 계시는 논, 밭, 선산 등이 있어서 먹고사는 것은 걱정이 없다.

식이는 방학이 끝나기 전에 서울에 다녀오고 싶었다. 많은 사람들이 꿈에도 그리는 서울!

중평리 아이들은 초등학교를 졸업한 후 상급학교에 진학하지 않고 너도 나도 기술을 배워 돈을 벌겠다고 도시로 나갔다.

남자 아이들은 구두 만드는 기술이나 목공 일을 배우러 다녔다. 자전거 포에 취직하여 바퀴에 바람도 넣어주고 구멍이 나면 빵꾸도 때워주며 돈을 벌었다.

식이가 전주로 온 것은 하나의 큰 도전이었다.

가장 힘든 것은 친구들과의 이별이었다. 이웃집에 사는 춘우와는 국민학교 때부터 형제처럼 사이좋게 어울려 다녔다. 학교까지 날마다 왕복 8~10킬로미터를 함께 걸어다녔다.

춘우네는 연로하신 할머니가 농사를 지으셔서 근근히 살고 있었다.

"식아, 우리 불쌍한 춘우와 형제간처럼 잘 지내라. 알았지?"

할머님은 식이를 만날 때마다 당부하였다.

종종 할머니가 장독대에서 정안수를 떠놓고 비시는 것을 보았다.

"천지 신명님이시여! 제발 우리 며느리 건강하게 해주시고 우리 손자 우가 건강하게 자라게 해주시옵소서. 천지 신명님께 비나이다."

식이는 하나님께서 선하신 할머님의 기도를 들어주실 것만 같았다.

춘우는 식이의 친구이자 든든한 보호자였다. 힘이 센 춘우와 늘 함께 다니는 식이에게 시비를 걸지 않았다.

"춘우야, 너는 무엇이 되고 싶니?"

"나는 기술을 배워 공장을 하나 차리고 싶어."

"그럼 우리 함께 집을 한 채 크게 지어서 너는 공장을 하고 나는 병원을 하면 좋겠다."

중학교에서 한 반이 되었다. 1학년 2반이었다.

중학교는 여산 출신들, 낭산 출신들 그리고 황화 출신들이 함께 섞여 있었다. 1반 반장은 여산 출신 송삼섭, 2반 반장은 여산 출신 조귀형이었다.

시험을 보면 대부분의 아이들은 점수가 낮았다. 특히 여학생들은 집안일 때문에 공부할 시간이 없어서 영어나 수학은 대부분 점수가 낮았다. 식이는 국어, 영어, 수학에서 높은 점수를 받았다. 선생님이 개별 점수를 부를 때 마다 여학생들이 소리를 질렀다.

"후아아 아아~."

삼섭이는 식이에게 계속 1등을 하라고 했지만 식이는 그럴 마음이 전혀 없었다.

식이에게 사춘기가 찾아왔다. 중학교 1학년에게 사춘기는 또래에 비해 빠른 편이었다.

식이에게 가장 신나는 수업은 국어와 음악이었다.

얼굴이 밝고 목소리가 고운 이정애 선생님 수업 시간에 노래를 불러주시면 식이는 한 마리 새가 되는 기분이었다.

가시밭의 한 송이 흰 백합화
고요히 머리 숙여 홀로 피었네
인적이 끊어진 깊은 산속에
고요히 머리 숙여 홀로 피었네

어여뻐라 순결한 흰 백합화야

그윽한 네 향기 영원하리라

가시밭의 한 송이 흰 백합화

부끄러 조용히 고개 숙였네

가시에 찔릴까 두려함인가

고개를 숙인 양 귀엽구나

어여뻐라 순결한 흰 백합화야

그윽한 네 향기 영원하리라 -「한 송이 흰 백합화」

「한 송이 흰 백합화」는 6·25 전쟁 때 대구 피난 시절의 작품으로 작사 김호(金湖), 작곡 김성태로 알려졌으나 김성태의 아호(雅號)가 김호(金湖)이기에 동일인이다.

식이는 이 노래를 처음 들었을 때 가슴에 깊이 박혔고, 그 후 여학생들에게 관심이 생겼다. 당시에는 남녀 합반을 하더라도 통로를 사이에 두고 성별을 구분해 앉혔다. 식이는 통로 바로 옆자리에 앉은 여학생이 천사처럼 보였다. 넓직한 얼굴에 해맑은 웃음을 짓는 모습이 예뻤다. 하지만 함부로 여자 친구를 사귈 수 있는 시절이 아니었다. 마음만 있다고 남녀 교제가 허용되지 않았다. 심지어 예배당에서 남녀가 눈이 맞으면 장로님들로부터 교회에서 쫓겨나기도 했다.

사랑하지만 말 한마디 못하고 그저 끙끙 앓던 시대였다. 오죽하면 이런 노래조차 있었을까.

갑돌이와 갑순이는 한 마을에 살았드래요

둘이는 서로 서로 사랑을 했드래요

그러나 둘이는 마음뿐이래요

학교 수업이 끝나면 황화에서 온 조진철이 언제나 칠판에 성경 구절을 적었다. 적었다가 지우고 다시 적고 또 지웠다. 진철이 성경 필사자이고, 식이가 유일한 교인이었다.

"예수께서 이르시되 내가 곧 길이요 진리요 생명이니 나로 말미암지 않고는 아버지께로 올 자가 없느니라."(요 14:6)

혼자서 칠판과 씨름하다시피 했다. 진철이는 성경 구절을 적었다 지우면서 중얼중얼 읽었다. 꼭 교회 전도사님 같았다.

하루는 진철을 무작정 따라갔다. 걸어가면서 자기 옆자리 여학생의 집을 가르쳐 달라고 했다. 그 여학생의 집은 동네 한가운데 있었다. 그것으로 족했다. 이후로는 더 이상 그 여학생을 언급하지 않았다. 잊혀지지 않는 것은 그 여학생의 출석번호이다.

"38번 3·8선이었다."

'어차피 사랑은 스쳐가는 것이었기에.'

진철이는 황화교회에 다니고 있었다.

2. 콩콩 팥팥

"콩 심은 데 콩 나고 팥 심은 데 팥난다."

이 말은 만고불변의 진리다.

식이 엄마의 세탁소는 군인들이 바글바글 댔다. 군복을 정성껏 수선해 주고 다려주는 집으로 소문이 났기 때문이다. 풀을 먹여 다리는 바지의 날은 가히 일품이었다.

바쁠 때는 부근에 사는 장교 부인들도 와서 일을 거들 정도였다. 생각다 못해 군산에 사는 외사촌 영숙이 누님을 오라고 했다.

영숙이 누님에게는 숙희라는 딸아이가 있는데 식이가 학교에서 돌아오면 그 아이를 누님 대신 업어주어야 했다. 숙희는 울보였다. 어찌나 우는지 하루는 숙희에게 편지까지 썼다.

"숙희야 울지 마라. 네가 울면 삼촌이 힘들어. 나도 울고 싶어. 울지 마라. 이쁜 숙희야."

일손이 턱없이 부족해서 조카도 불렀다. 낭산에 사시던 수양 할아버지도 합세했다. 할아버지는 여산 시장에 가서 세탁소에 필요한 물건들을 사다 주셨다.

세탁소에서는 식이 엄마, 영숙이 누님, 경식이형, 수양 할아버지, 조수 식이가 열심히 일했다. 나중에는 정읍 이모와 석천대 영래형도 왔고, 나주에서 온 진호네도 함께 일했다. 그래서 세탁소에서 일하는 사람이 10여 명이 되었다.

정읍 이모는 날마다 화투로 표 떼기를 하셨다. 화투는 삼라만상의 이치와 사람들의 신수가 다 들어 있는 듯했다. 틈만 나면 방 한구석에서 화투를 하고 계셨다.

식이네 집은 날마다 사람들로 북적댔다.

현금이 필요한 군인들은 군대 물품을 가져와서 돈으로 바꾸었다. 세탁소 창고에는 군복, 양말, 쌀, 콩기름, 두부, 고기, 멘소래담, 눈 연고가 쌓였다. 군대 모기장, 배식기, 수저, 포크, 실탄 통도 있었다.

군인들은 이런 물건들을 주로 밤중에 가져왔는데 아마도 슬쩍 빼내오는 것 같았다. 그래도 물건은 최고급들이었다. 그래서 불티나게 팔렸다.

식이는 학교 갈 때 당시 장교복인 사지쓰봉을 줄여 입고 다녔다. 미군들이 입던 최고급 겨울 바지였다.

식이네 집은 밥을 할 필요가 없었다. 비가 오나 눈이 오나 밥때가 조금 지나면 어김없이 철조망을 지키고 있던 보초가 "진호야! 진호야!" 소리를 지른다. 와서 밥과 국을 가져가라는 신호다.

그러면 진호는 쏜살같이 철조망 쪽으로 달려간다. 진호가 군대 밥과 국을 낑낑매고 들고 온다.

보초를 서는 위병소 중대에서 먹고 남은 것을 버리지 않고 식이네 먹으라고 주었다.

진호네는 원래 집이 나주다. 오갈 데가 없다고 하여 식이 엄마가 데리고 와서 끝방에 살게 했다.

식이네가 돈을 벌게 되니까 친척들이 드나들기 시작했다. 그들은 3, 4일씩 머물면서 이것저것 챙겨 갔다.

서울에서 외삼촌이 오실 때는 매번 박기당의 『손오공』과 김경래의 『엄마 찾아 삼만리』 등 책을 한아름 사왔다. 『아라비안 나이트』와 『만화 세계』, 『어깨동무』 책도 가져오셨다. 그래서 식이는 책 읽는 재미를 알게 되었다.

외삼촌은 종합 선물세트와 종합 비타민도 사다주었다.

외삼촌은 일본 유학을 다녀왔다. 와세다대학 미술학과 출신이다. 특히 금속 철사 공예에 뛰어났다. 하지만 식이는 오랫동안 외삼촌을 만나지 못했다. 식이가 외삼촌을 다시 만난 것은 연좌제가 폐지되고 나서였다.

공산주의의 실태와 허상을 다 알면서도 부역을 할 수밖에 없었던 보통 사람들의 비애다.

외삼촌은 일본에서 요주의 인물이 되었다. 집안 형님이 조총련 간부인 탓이다. 게다가 누이인 덕주의 남편 백성민 때문에 사찰 대상이 되었다.

경찰들은 식이 외삼촌을 미행하기까지 했다. 이미 행방불명되어 죽었는지 살았는지도 모르는 사람들을 거론하면서 잊어버릴 만하면 오라가라 했다. 간만에 직장이라고 잡으면 찾아와서 산통을 깨는 바람에 정상적인 생활을 할 수가 없었다.

외삼촌은 연락 없이 식이네 집에 며칠씩 머물면서 철사 공예를 했다. 철사를 구부리고 휘고 감아서 냄비 받침대, 촛불 켜는 대, 바구니, 호롱불 켜는 대, 이동식 등걸이 등 별의별 것을 다 만들었다.

"올케는 어떻게 지내나?"

"유치원 교사를 하려 해도 신원 보증이 되지 않아 교회 반주를 하면서 피아노 개인 레슨 일을 하고 있어요."

"그걸로 생활이 돼? 애도 둘이나 되는데."

"그래서 제가 간간이 출판사에서 일본어 번역일을 하고 있는데 형사들이 수시로 찾아와서 훼방을 놓는 바람에 벌써 열 군데서 쫓겨났어요."

"다 내 탓이네. 남편 잘못 만나는 바람에 동생까지 이렇게 죽을 고생을 시키니 말일세. 이놈의 연좌제니 뭐니 하는 것이 이 땅에서 빨리 없어져야 하는데…."

"언제 집에 올라갈 건가?"

"내일은 가야지요. 가서 다른 출판사 찾아보려구요."

"동우야, 난 요즈음 벌이가 괜찮아. 이 돈이면 아무리 서울이라도 네 식구 한 6개월쯤은 생활할 수 있을 거야."

"누님이 힘들게 일해서 버신 돈인데… 고맙습니다. 누님 은혜 평생 잊지 않겠습니다. 그래도 앞으로는 군대 물품 취급하지 마세요. 큰일 날 수 있어요."

"명심함세. 처음에는 수선비로 조금씩 받던 것인데 이젠 사업이 돼 버렸어. 그렇지 않아도 조만간 그만둘 생각이었어."

"누님 꼭 그렇게 하세요."

"알았네. 그리고 우리 걱정은 더 이상 하지 마시게."

다음날 식이가 학교에 다녀오니 외삼촌이 계시지 않았다.

"엄마, 외삼촌은 어데 가셨어?"

"오전에 서울 가셨다. 네게 편지를 남기고 가셨더라."

식이는 편지를 폈다. 정자로 또박또박 눌러쓴 외삼촌의 글씨는 보기에 매우 좋았다.

식이에게

식이가 무럭무럭 잘 자라고 있어서 외삼촌은 매우 기쁘다.

외삼촌이 사다준 비타민(ABO)제 잊지 말고 잘 챙겨 먹어라.

외삼촌이 네게 부탁 한 가지 하려고 이 편지를 쓴다.

'책 속에 길'이 있단다. 그러니 책을 많이많이 읽거라. 그래야 훌륭한 사람이 될 수 있지.

다음에 올 때 책 더 많이 사다줄게.

엄마 말씀 잘 듣고, 잘 있거라!

외삼촌이

식이는 '책 속에 길이 있다'고 하신 외삼촌의 말을 떠올리며 특활 시간에 문예부에 가입했다.

식이는 밤마다 촛불 아래서 외삼촌이 사다준 책들을 종이가 나달나달해질 때까지 읽고 또 읽었다.

식이 외삼촌은 평생 일정한 직업 없이 살다 돌아가셨다.

식이 엄마는 어렸을 때 풍족하게 자랐지만 전쟁을 뼈저리게 경험한 사람이다. 그래서 누구에게나 정성을 다했다.

당시에는 거지나 나병 환자들이 밥때가 되면 밥을 얻으러 다녔는데 많이 사람들이 문전박대했다.

그래도 식은 밥을 국물에 말아주거나 나락이나 겉보리를 한 움큼 주어 보내는 이들도 있었다.

식이 엄마는 대문 밖에서 거지가 "밥 한 술 얻어먹고 갑시다"라고 소리치면 소반에 반찬 몇 가지와 밥과 국을 챙겨서 거지 앞에 갖다놓았다. 그러면 거지가 밥을 다 먹은 다음 식이네 집안을 향해 90도로 절을 했다.

"한 끼 잘 얻어 먹었습니다. 복 많이 받으십시오."

그리고 그 거지는 두 번 다시 식이네 집을 찾지 않았다.

식이는 어렸을 때부터 그것을 보고 자랐다. 지금도 여전히 볼썽사납고 놈에서 악취가 나는 거지를 정성스럽게 대했던 엄마의 모습이 기억난다.

엄마는 분명 그 거지의 모습 속에서 6·25 때 행방불명 되어버린 남편 백성민을 떠올렸을 것이다. 키도 크고 똑똑한 남편! 건장했던 남편! 그 지역에서 모든 사람들의 선망의 대상이었던 남편과 결혼한 지 4년 만에 터진 6·25로 인해 생이별을 했다.

덕주는 거지를 보면서 생각했다.

"여보, 당신은 지금 어데 계시오? 죽지 않고 살아 있다면 소식 좀 주시오. 제발 거지의 모습으로라도 내 앞에 나타나 보시오."

멀어져가는 거지의 뒷모습을 보면서 덕주는 남편의 모습이 희미해짐을 느낀다. 그렇게 그녀는 거지를 보며 6·25 때 행방불명된 남편 생각이 났다.

덕주는 새벽마다 무릎을 꿇고 눈물로 기도했다.

"주님! 우리 식이도 커서 훌륭한 목사님이 되게 해주세요."

식이는 엄마의 기도의 힘으로 잘 자랐다.

세 살 때부터 하모니카를 불어서 부흥회 때 교인들 앞에서 하모니카 연주도 했다. 성탄 때는 교회 연극에서 주인공인 요셉 역할을 맡았다.

국어 받아쓰기, 산수 문제풀기는 언제나 동그라미 다섯 개를 받았다. 우등상, 개근상, 글짓기상도 받았다.

3. 돈 없는 서러움

　식이가 중간 시험을 보는 날이다. 전주로 전학 와서 처음 본 월말 고사에 11등을 했다. 여산중학교에서는 제법 공부를 잘한다는 소리를 들었는데 지난 번 월말 시험에서 70명 가운데 11등을 했다는 것이 도저히 믿어지지 않았다.
　알고 보니 주위에 공부깨나 하는 아이들은 모두 그룹 과외를 하고 있었다. 몇몇 아이들이 영어나 수학 과목은 그룹 과외에서 시험 문제까지 알려준다고 자랑을 했다.
　식이는 매달 내는 수업료가 밀려 있는 상태였다. 출석부에는 수업료를 내지 못한 학생들 이름 위에 '수업료 미납'이라는 파란색 도장이 찍혀 있었다. 아직은 '등교 정지'가 아니라서 수업 시작 전에 이름을 불러 출석 여부는 체크한다. 하지만 '등교 정지'라는 빨간색 도장이 찍히면 아예 수업 참여가 불가능하다. 사립 학교 운영이 그만큼 어려운 듯했다. 중간 시험일이 가까워지자 담임선생님이 날마다 조회와 종례 시간에 개인 면담을 통해 수업료 독촉을 해댔다.
　올리다 만 신축 건물들이 뼈대만 앙상하게 서 있다. 학교로 들어오는 길은 땅차, 즉 트랙터로 밀어젖혀 놓은 흙더미가 여기저기 쌓여 있어서 비만 오면 진흙탕이 되어 발이 쏙쏙 빠졌다. 비 오는 날에는 장화를 신어야만 했다. 교사들은 월급을 제때 못 받고 있었다. 건축비가 바닥 나서 이사장이 구속되었다는 소문도 들려왔다.

담임선생님이 수업료 독촉 면담을 시작했고 식이 차례가 되어 교탁 앞으로 불려 나갔다.

"식이는 밀린 수업료를 언제까지 낼 수 있지?"

오늘따라 깡마른 담임선생님의 모습이 한국인을 옥죄어 세금을 착취하는 일본 순사같이 보였다. 아마 선생님이 학생들에게 그룹 과외를 하고 있는 당사자였다는 선입견 때문이리라.

식이는 잠시 다른 생각에 잠겨 담임선생님 말씀에 대답을 못하고 있었다. 그러자 담임선생님이 다그쳐 물으셨다.

"야, 식이야! 밀린 수업료 언제까지 낼 거니?"

"어머님이 곧 오신다 했으니 오시는 대로 바로 낼게요."

"나도 네 사정을 알긴 하지만 지금 누구하고 살고 있니?"

"작은아버님 식구하고 할머니요."

"오늘 오후 수업은 빼먹고 집에 가서 수업료를 마련해 갖고 오너라. 종례 시간까지 오려면 서둘러야 한다."

"예."

무작정 집에 간다고 없는 돈이 생기는 것도 아니고 집에 가서 할머니에게 이 상황을 어떻게 설명해야 할지 난감했다. 그래도 식이는 오전 수업을 마치고 점심 시간이 되자 곧바로 집으로 향했다.

지금이야 교통수단이 발달해서 금방 다녀올 수 있지만 식이가 살던 1960년대 초반에는 걸어가야 했다. 학교에서 식이가 살고 있는 평화동 집까지 갔다 오려면 두 시간은 족히 걸린다.

잘하면 종례 시간 전에 돌아와 한두 시간은 수업을 받을 수 있을 것이다. 가다 보니 식이 말고도 집으로 가는 아이들이 눈에 띄었다. 보통 한 반에 수업료를 제때 내지 못한 아이들이 7~8명은 되었으니….

아예 책가방을 들고 가는 아이들도 있었다. 집이 멀거나 그날은 더 이상 공부하고 싶지 않아서일 것이다.

하지만 식이는 어떻게든 오후에 있는 영어 수업을 듣고 싶어서 영어책을 펴들었다. 식이는 여산중학교 다닐 때 송주갑 선생님의 영어 수업을 재미있게 들었다. 선생님은 정말 열정적으로 가르쳤다.

아이들이 제대로 발음하지 않거나 장난 치듯이 하면 가차 없이 막대기로 위협을 가했다. 그 믹대기는 원래 선생님이 칠판에 적힌 영어 문장을 가리키는 지시대다. 단어를 외우고 문장을 외우는 훈련은 그때 이미 되어 있었다. 그래서 제법 영어를 잘한다.

식이는 집에 가는 동안 오늘 배울 영어 문장을 외우면서 걸어갔다. 큰 위로가 되었다. 식이는 커서 외국어 통역사가 되겠다는 막연한 꿈이 있다.

영어 문장을 외우다 보니 어느새 평화동 집에 도착했다. 한창

보리 수확을 할 때라 식이네 넓은 마당에 동네 사람들이 모여 보릿단을 쌓아 놓고 보릿단을 한줌씩 나눠 홀태(쇠스랑 같은 탁자형 틀)에다 걸어 이삭을 훑어 내고 있었다. 보리 낟알이 홀태 밑에 펴놓은 멍석에 꽤 쌓여 있었다.

한 시쯤은 되었을 것이다. 대문을 들어서며 소리쳤다.

"할머니이~ 나 왔어요!"

"아니! 식이 아니냐? 왜 이렇게 일찍 왔어? 책가방은 어데 두고?"

할머니는 반색을 하면서도 의아해했다. 식이는 수업료 때문에 쫓겨 왔다고 말하고 싶었으나 아무 말도 못했다.

"갑자기 수업 중에 배가 아파서 왔어요. 조금 나아지면 다시 학교에 갈 거예요."

식이는 둘러대면서 식은땀이 났다. 돈 버는 사람이 없는 상황에서 사실대로 말한다고 없는 돈이 생기는 것도 아닌데 할머니께 걱정을 끼쳐 드리고 싶지 않았다. 엄마만이 이 문제를 해결해 줄 수 있었다. 주변에는 손 벌릴 만한 사람이 없다.

"그래? 뭘 잘못 먹었나? 지금은 어떠니?"

"걸었더니 괜찮은 것 같아요."

식이는 천연덕스럽게 거짓말을 했다.

"아이고 우리 착한 식이가 배가 아프구나! 우리 집에 있는 소다 가져다 줄까?"

명숙이 엄마가 말했다.

"아주머님! 괜찮아요. 잠시 쉬다 갈 거예요."

할머니가 나서셨다.

"그럼 미숫가루에 사카린 넣고 타서 한 사발 마셔 보거라. 속이 시원하게 뚫릴 거다. 이 빈 주전자 갖고 우물에 가서 물을 떠 오면 할머니가 타 줄게."

식이는 주전자를 들고 물을 뜨러 갔다. 동네 고샅을 지나 오른쪽으로 가면 큰 느티나무가 있고, 도랑 밑 논 안에 우물이 있었다. 사실, 논물인데 왜 그 물이 시원한지는 알 길이 없다. 비가 많이 와서 우물이 물에 잠겨 버리면 그 물은 마실 수 없다. 오늘은 다행히 날이 맑아서 물을 뜰 수 있었다. 주전자로 우물 물을 휘휘 저으면서 물을 한 주전자 가득 채운 다음 집으로 왔다.

그 물은 약수로 소문이 났다.

할머니는 마루에 있는 찬장을 열고 물에 미숫가루를 쏟아 부었다. 사카린을 조금 넣은 다음 약지 손으로 휘휘 젓더니 손가락 끝에 묻은 미숫가루 국물을 "쪼옥 쪽 쪽" 빠시면서 맛을 보았다.

"옛다. 이 정도면 된 것 같다. 한 사발 들이키거라. 먹는 것이 다 보약이니라."

"꿀꺽 꿀꺽 꿀꺽."

식이는 미숫가루 한 사발에 위안을 받았다. 수업료 내는 것은 그다음 일이었다. 식이는 미숫가루로 마음과 몸의 허기를 달래고 다시 학교로 돌아왔다.

다행히 영어 수업을 들을 수 있었다.

"식이가 제5과를 읽어 보거라!"

식이는 책을 보지 않고 영어 문장을 다 읽어버렸다. 친구들이 박수치며 환호했다.

종례 시간에 담임선생님이 식이를 다그쳤다.

"집에서 수업료 언제 주신다고 하던?"

"어머니가 곧 오신대요. 그때 주신다네요."

중간 고사가 시작되었다. 식이는 이미 출석부에 뻘간 도장이 찍혀 '등교 정지' 상태였다. 그럼에도 불구하고 당당히 중간 고사를 치렀다.

시험 중에 서무과 직원들이 출석부를 들고 다니면서 대조하여 수업료를 내지 않은 아이들을 시험장 밖으로 쫓아내기 시작했다. 턱 밑부터 목 부근까지 새카만 점이 있는 남자 직원이 식이 앞에 서더니 인정사정 없이 시험지를 낚아채 갔다. 너무 창피하여 쥐구멍에라도 들어가 숨고 싶은 심정이었다.

더 이상 그곳에 앉아 있을 수가 없어서 교실 밖으로 나왔다. 시험지를 빼앗기고 밖으로 쫓겨 나온 아이들은 소리 소리 쳤다.

"예수 믿는 학교라면서 수업료 못 냈다고 시험도 못 보게 해?"

"이놈의 똥통 학교 더 이상 다니나 봐라!"

순찰을 돌던 규율 선생님이 버럭 소리를 치셨다.

"야, 왜 이리 소란스러워? 너희들 이리 와 봐!"

아이들은 그 소리에 놀라 하나둘 책가방을 옆에 끼고 계단을 지나 밖으로 사라졌다.

"우다다닥 쿵쿵쿵쿵."

식이는 멀리 유리창 너머로 역전을 바라보았다. 희미하게 하얀 연기를 뿜어내는 기차가 보였다. 기적 소리를 울리더니 기차가 출발하는 듯했다.

"치이익 포옥 칙이익 포옥 치이익 폭 칙폭 칙폭 칙폭."

"빼애액 빼애액 빽 빽 폭 폭."

이 소리는 아직 살아 있음을 알려주는 생명의 고동 소리다.

순간, 식이는 부지런한 엄마의 모습을 환영으로 보았다. 자신과 누님을 한 자라도 더 가르치기 위해 전주로 보낸 이유를 오늘에서야 알게 되었다. 엄마는 무거운 행상 보따리를 머리에 이고 집집마다 돌아다니시면서 물건도 팔고 전도도 하였다. 장사를 끝낸 후에는 남의 집에서 하룻밤을 청하며 눈칫밥으로 일생을 살았다.

무거운 보따리를 머리에 이고 밤길을 걸어 기다려 주는 사람 하나 없는 집으로 향할 때는 어떤 마음이 들었을까? 식이는 엄마가 목이 메이게 그리워질 때는 엄마가 좋아하는 찬송을 불렀다.

나의 갈 길 다 가도록 예수 인도하시니
내 주 안에 있는 궁휼 어찌 의심하리요
믿음으로 사는 자는 하늘 위로받겠네
무슨 일을 만나든지 만사 형통하리라
무슨 일을 만나든지 만사 형통하리라 -「나의 갈 길 다가도록」

식이 엄마는 6·25 때 남편을 잃은 뒤 예수님과 다시 결혼했다. 예수님이 남편이고, 하나님이 든든한 아버지가 되었다.

식이의 눈에 눈물이 하염없이 흘러내렸다. 과장하면 작은 폭포가 생겨났다. 엄마가 있는 곳으로 당장 달려가고 싶었다.

'엄마, 도대체 언제 오시는 거예요? 며칠 전에는 집으로 쫓겨갔고, 오늘은 시험지까지 빼앗겼어요."

식이는 계단을 내려오다가 발길을 돌려 서무과로 갔다. 그곳에는 임신 중에 있는 서무과 김연희 선생님이 강제로 수거된 시험지를 세고 계셨다. 식이는 서무과 문을 열자마자 참고 참았던 울음보를 터트렸다.

"으흐흐흑 으아아~."

"야! 너 식이 아니냐? 왜 울어? 아니, 방금 시험 시작되었는데 왜 시험 안 보고 왔어? 어디 아프냐?"

김 선생님은 식이를 단번에 알아보셨다.

"흐으윽, 김 선생님, 수업료 못냈다고 시험지를 뺏겨 버렸어요. 흐으윽."

"식이야, 몇 학년 몇 반이지?"

"흐으윽~ 2학년 3반이에요?"

"가까이 와 봐! 2학년 3반이라?"

김 선생님은 손에 침을 묻혀가며 빼앗아 온 두툼한 시험지들을 넘기기 시작하셨다. 그 중에서 식이 시험지를 콕 집어내 냅다 빼냈다.

"옛다. 네 시험지 여기 있다. 얼른 시험지 갖고 교실로 가거라!"

"흐으윽~ 감사합니다."

식이는 김 선생님의 손을 꼭 잡아드렸다.

"아따, 감사하긴! 시험이나 잘 봐!"

김 선생님은 출석부의 빨간색 '등교 정지' 표시를 '학부모 약속'이라는 도장으로 덧칠해 고쳐 주었다. 엄마가 오실 때까지 사면을 받은 것이었다.

시험지를 갖고 다시 교실로 돌아가자 반 친구들이 이상하게 바라보았다. 식이는 정신을 차리고 답을 써내려 갔다. 시험 문제는 어렵지 않았다.

그날 식이는 공부를 열심히 해서 장학생이 되겠다고 단단히 결심했다. 장학생이 되면 수업료 걱정없이 공부할 수 있기 때문이다.

"두고 봐라. 죽어라고 공부해서 수업료 내지 않고 학교에 다닐 테니."

식이는 아주 독하게 변했다. 영어 단어, 수학 공식, 국어 책을 통째로 외워버렸다. 시험 기간 동안에는 한숨도 자지 않았다. 학교 성적이 수직 상승했다. 시험 때가 되면 서로 식이 옆에 앉으려고 했다.

"식이야, 나 공부 하나도 못했어. 시험에 나올 것 같은 예상 문제 몇 개만 알려줘."

선생님들은 식이에게 아예 채점을 맡겨 버렸다. 당시에는 한 학년이 460명 이상 되었다. 그래서 채점에 시간이 많이 걸렸다.

식이의 취미는 '걸으며 생각하기'이다. 대부분의 아이들이 '독서, 태권도, 축구, 농구, 야구, 스케이팅, 베드민턴'이라고 적었으나 식이는 '걸으며 생각하기'라고 적었다.

4. 나의 갈 길 다 가도록

식이 엄마는 부잣집 막내딸이었다. 일제 강점기인 1930년대에 소학교를 다녔다. 공부를 잘해서 소학교 시절 내내 반장을 했다. 당시 여자가 학교에서 반장을 한다는 것은 드문 일이었다.

"식이야, 니 엄마 대단한 사람이야. 잘해드리렴. 소학교 때도 줄곧 반장을 했어."

식이가 엄마 동창들을 만나게 되면 으레 이런 말을 들었다. 어렸을 때는 그 말을 잘 이해하지 못했다.

식이 엄마 덕주는 학교 다닐 때는 성실하고 영민하고 모범적인 학생이었다. 키도 크고 잘 생긴 남편을 만나서 딸 하나, 아들 하나를 낳고 행복하게 살았다. 교회도 열심히 다녔다.

그러나 6·25 전쟁은 시댁과 친정 집안을 풍비박산 냈다. 전쟁 통에 남편은 행방불명되고 도민증을 발급받기 위해 이름도 성도 바꾸고 살아야 했다. '천덕주'가 아닌 '백성임'이 그녀의 이름이 되었다.

"여보, 나는 드디어 오늘 면장 친구의 배신으로 공산주의자로 몰려 돌아가신 아버님의 원수를 갚았소. 그래서 당분간 몸을 피하려 하니 그런 줄 아시오!"

"그럼 나와 두 아이들은 어떻게 하라고요?"

"전주를 떠나 여산으로 가 있어요. 거기에 여동생 성자의 약혼자가 살고 있으니 가서 당분간 쥐 죽은 듯이 살고 있으시오! 내가 곧 찾아가리다."

백성민은 저녁을 먹은 다음 온 가족을 모이게 했다.

"지금 시국이 매우 어렵게 되었소. 이미 한국 땅 대부분은 북한 공산당이 점령했고, 남로당이 가세하는 상황이니 시골로 피난 가는 것이 좋을 것이오. 먼저 어머님은 친정댁에 가 계시는 것이 좋겠습니다."

"나야 한 몸 거두는 것은 문제가 안되지만 동생들은 어떻게 하는 것이 좋겠느냐?"

"둘째 성근이는 결혼을 했으니 자신들이 잘 알아서 할 거고, 셋째 성한이는 전주사범을 다니니까 학도병으로 가면 좋겠고, 넷째 성양이는 나와 함께 가고, 막내 성훈이는 아직 어리니 어머님이 맡아주세요. 그리고 성자는 새언니와 조카들을 살펴다오! 오빠의 마지막 부탁이다."

"우리는 오라버님 말씀대로 하겠지만 대체 언제 오실 예정이시오?"

"지금으로서는 기약이 없다. 빠른 시일 내에 오겠다는 말밖에 할 수가 없구나."

모두들 숙연해졌다.

성민은 어머니와 형제들에게 봉투를 한 개씩 주고 넷째 성양을 데리고 황급히 집을 빠져 나갔다.

이미 밖에는 완주 지역 남로당 사람들 20여 명이 대기하고 있었다. 그들이 성민이 집안에서 나오자 담뱃불을 끄고 잡담을 중지했다.

소대장이 물었다.

"위원장 동지, 이제 어디로 갈까요?"

"우리야 산사람들이니까 당분간 산으로 가야지. 오늘밤에 순창 쪽 회문산으로 들어가야 하네."

"가족들과 작별은 잘 하셨나요?"

"큰일을 도모하려면, 특히 우리가 목표로 하는 평등한 세상을 만들려면 사적인 감정은 모두 버려야 하네."

이들은 대부분 천한 출신들이었기에 평등한 세상을 꿈꾸고 있었다.

그렇게 해서 식이 엄마는 여산에 정착을 하게 되었다. 정확히는 여산과 낭산의 중간 지점인 지금의 하사관학교가 있는 곳이었다.

그곳을 방아다리라고 불렀다. '방아다리'라는 지명은 Y자처럼 생긴 삼거리 또는 지형이 이와 비슷한 곳에 붙이곤 했다. 곡식을 찧을 때 쓰던 방아가 두 갈래로 갈라진 모습에 빗대서 나온 표현인 듯하다. 이런 지명이 과거에는 전국적으로 흔했으나 지금은 거의 사라졌다. 각종 시설물이나 버스정류장 명칭에 그 흔적이 남아 있을 뿐이다. 간혹 시골이나 나이 지긋한 어르신이 '방아다리' 혹은 '방아다리 골'이라고 말하는 지역이 있다면 십중팔구 세 갈래 길목이거나 물가다.

식이 엄마는 어렸을 때부터 인동초(忍冬草)처럼 강인한 생명력을 소유했다. 한겨울에도 넝쿨이 시들지 않고 녹색의 잎을 유지하는 인동초가 천덕주였다.

방아다리에서 터를 잡고 재봉일, 세탁일로 부자가 되었다. 한동안 군대에서 흘러나오는 품질 좋은 물건 장사로도 돈을 많이 벌었다.

한국 전쟁 이후에 한국의 경제 상황은 엄청 나빴다. 거리에 고아와 거지가 넘쳐났으며 나병환자도 많았다. 의식주가 최악이었다. 먹을 것이 없었고 의복도 변변치 않아 군복을 입고 다니는 사람들이 많았다. 군대에서 흘러나온 물건들이 날개 돋힌 듯이 팔려 나갔다. 그래서 천덕주는 돈을 많은 벌었으나 모두 접었다. 그리고 보따리 행상 일을 시작했다.

"심령이 가난한 자는 복이 있나니 천국이 그들의 것임이요!"

머리에 20~30킬로그램의 생활용품을 이고 걷고 걷고 걷고 또 걸었다. 그리고 걸으면서 찬송을 하염없이 불렀다.

나의 갈 길 다 가도록 예수 인도하시니
내 주 안에 있는 긍휼 어찌 의심하리요
믿음으로 사는 자는 하늘 위로받겠네
무슨 일을 만나든지 만사 형통하리라

무슨 일을 만나든지 만사 형통하리라

나의 갈 길 다 가도록 예수 인도하시니
어려운 일 당한 때도 족한 은혜 주시네
나는 심히 고단하고 영혼 매우 갈하나
나의 앞에 반석에서 샘물 나게 하시네.
나의 앞에 반석에서 샘물 나게 하시네

나의 갈 길 다 가도록 예수 인도하시니
그의 사랑 어찌 큰지 말로 할 수 없도다
성령 감화받은 영혼 하늘 나라 갈 때에
영영 부를 나의 찬송 예수 인도하셨네
영영 부를 나의 찬송 예수 인도하셨네
아멘 - 찬송가 384장

덕주는 만사 형통 신앙으로 살아왔다. 한동안은 남편 소식에 전전긍긍했으나 남편을 아예 잊어버리고 살기로 했다.
예수님과 결혼했다고 생각하니 마음이 편했다.
여산 두여리교회 덕주 집사는 장사만 하는 것이 아니었다. 집집마다 찾아다니면서 전도 일을 했다.
사람들의 애환도 들어주고 상담도 해주고 기도도 해주고 자신의 것을 나누면서 살았다. 생계가 어려운 사람들은 취직도 시켜

주었다. 사실, 장사는 뒷전이었다.

　목사님이나 교회 사람들을 통해 그런 덕주에게 계속 중매가 들어 왔다. 사람들에게는 30대의 새파란 과부가 남매를 바라보며 사는 것이 안타깝고 불쌍했을 것이다.

　아직도 덕주 눈에 식이는 어린 애였다. 그래서 잘 때 식이를 꼭 껴안고 잤다. 식이는 갑갑해서 숨을 쉴 수 없다고 빠져 나가려고 꿈틀대지만 그럴수록 더 꽉 껴안았다.

　'이놈이 언제나 커서 사람 노릇을 할까? 그때까지 이 아이를 하나님께 맡기고 잘 키워내야 한다.'

　아이를 볼 때마다 덕주는 사명감이 불타 오른다.

　오늘은 초등학교 3학년인 식이의 의향을 넌지시 떠보기로 했다.

　"식이야! 경상도 어느 목사님의 사모님이 갑자기 돌아가셔서 엄마에게 시집을 오라고 한다는데 어떻게 할까? 엄마가 식이 데리고 경상도로 시집 갈까?"

　식이는 그 말을 알아들었는지 엄마 품에서 빠져 나가면서 퉁명스럽게 대답했다.

　"엄마 왜 그런 생각을 해? 가고 싶으면 엄마 혼자 가! 나는 죽어도 안 가! 엄마 혼자 가!"

　"엄마 가면 어떻게 혼자 살래?"

　"죽어 버리면 되지 뭐!"

　식이에게 뒷통수를 한 대 맞은 것 같았다.

　덕주의 눈에서 눈물이 주르르 흘러내렸다.

'내가 왜 그런 헛된 말을 했을까? 식이가 죽는다는 말까지 하다니! 어린 마음에 상처를 주었구나!'

덕주는 생각했다.

'여자는 자고로 세 번 지아비가 바뀐다고 했다. 친정 아버지 지아비, 남편 지아비, 아들 지아비! 그런데 내가 오늘 아들 지아비를 버리려 했었구나!'

덕주는 힘차게 식이를 끌어안고 용서를 빌었다.

"식이야 미안해! 엄마가 잘못 했어. 미안해, 미안해!"

"엄마! 다시는 그런 말 하지 마! 내가 공부 잘해서 대학 졸업하면 좋은 색시와 결혼해서 엄마 꼭 호강시켜 드릴게!"

"그래! 약속하자. 엄마가 다시는 그런 생각하지 않을게! 자, 새끼손가락 걸자!"

"좋아! 새끼손가락 걸어! 근데 엄마 왜 울어?"

어린 식이가 엄마의 애환을 알 리 없었다.

"눈에 티가 들어갔나 봐!"

"자, 수건으로 눈물 닦아!"

"식이야! 이제 자자. 그래야 내일 학교 가지?"

식이는 엄마 품에서 쌔근 쌔근 잠이 들었다. 식이를 바라보니 그날따라 남편 생각이 많이 났다.

'당신은 지금 어데 계시오? 우리가 헤어진 지 벌써 10년이 넘었소. 10년이면 강산도 변한다고 하는데 소식이라도 줘야 할 것 아니오?'

덕주는 뜬눈으로 밤을 보내고 새벽기도에 참석하기 위해 조용히 집을 빠져 나왔다. 두여리교회까지는 빠른 걸음으로 30분이 걸린다. 비가 오나 눈이 오나 덕주는 찬송을 부르며 간다.

나의 갈 길 다 가도록 예수 인도하시니
내 주 안에 있는 긍휼 어찌 의심하리요
믿음으로 사는 자는 하늘 위로받겠네
무슨 일을 만나든지 만사 형통하리라
무슨 일을 만나든지 만사 형통하리라

오늘 설교는 덕주에게 주시는 매우 귀한 말씀이었다.

내가 산을 향하여 눈을 들리라 나의 도움이 어디서 올까 나의 도움은 천지를 지으신 여호와에게서로다 여호와께서 너로 실족하지 아니하게 하시며 너를 지키시는 이가 졸지 아니하시리로다 이스라엘을 지키시는 이는 졸지도 아니하시고 주무시지도 아니하시리로다 여호와는 너를 지키시는 이시라 여호와께서 네 오른쪽에서 네 그늘이 되시나니 낮의 해가 너를 상하게 하지 아니하며 밤의 달도 너를 해치지 아니하리로다 여호와께서 너를 지켜 모든 환난을 면하게 하시며 또 네 영혼을 지키시리로다 여호와께서 너의 출입을 지금부터 영원까지 지키시리로다.(시 121:1-8)

전주에 아들 식이 명의로 집도, 논도, 산도, 밭도 있지만 그곳에 갈 수가 없다. 막둥이로 태어나 할 일 없어 빈둥빈둥 노는 막내 시아재를 나가라고 할 수 없기 때문이다.

시아재 가족은 시어머님, 시아재, 동서, 아이들 두 명과 머슴 등 5~6명이나 된다. 뱃속에도 한 명이 더 있다.

처음 시집 왔을 때 시아재는 서너살 짜리 코흘리개였다. 한국전쟁이 난 지도 15년이 흘렀다. 식이가 홀로 설 때가 되었다. 그래서 전주 본가로 유학을 보내기로 했다.

5. 회개와 거듭남

식이는 15살에 회개(Repentance)를 했다. 성경에서 말하는 거듭남(Born again)을 알게 되었던 것이다. 1965년 중학교 3학년 여름방학이 시작될 무렵이었다. 영생학원에서 B급 장학생이 되어 수업료를 반절 내고 있었다. 정확히 말하면 수업료는 감면받고 기성회비만 냈다.

학교는 재정이 어려워서 영생교회를 학교 강당으로 사용했다. 학교 신축 공사가 진행과 중단을 반복했고 심지어 공사 관계로 오전, 오후로 2부제 수업도 했다. 남녀 주·야간이 있었으니 학교는 24시간 운영되었다.

학교에서 미국 선교사 초청 부흥회가 있었다. 오전 10시 전교생이 부흥회 참석을 위해 강당에 모였다. 강사는 유명한 미국인 로저(W. Rogers) 선교사였고, 통역은 조용기 전도사였다.

수업이 끝나면 시내버스를 타고 곧바로 중평리 집으로 가서 이른 저녁을 먹은 뒤 다시 학교 오르막길 오른편에 위치한 영생교회로 갔다. 10시까지 저녁 집회에 참석했다. 교회당 안에서 새우잠을 잤다. 밤샘기도를 하는 분들이 100여 명은 되었다. 교회당도 앞부분만 완성되고 짓다 만 상태였지만 교인들은 뜨겁게 찬송하고 기도했다. 마치 축구나 야구 경기를 보는 것 같았다. 목사님과 통역이 선수라면 교인들은 관중인 셈이었다.

오전 10시 예배에는 전교생이 동원되었다. 자발적으로 모이는 것이 아니라 학생주임의 역할이 컸다. 교장선생님이 오시기 전에 정리정돈이 되어야 했다. 찬송가를 부르며 있다가 교장선생님이 오신다는 연락이 오면 가로 줄과 세로 열을 맞추느라 부산해졌다. 태도가 불량하면 어김 없이 불려나갔다. 신성한 예배당에 고함소리가 난무했다. 이것은 예배가 아니라 강압적인 군사훈련이었다. 심할 때는 뺨을 얻어 맞는 학생들도 있다. 그때 뺨 맞고 다시는 교회에 안 나가겠다고 난리치던 학생들이 목사도 되고 장로도 되었다. 신앙은 무서운 것이다. 가치관의 변화를 가져오기 때문이다.

그렇게 한바탕 소동이 난 다음 교장선생님이 오시면 분위기가 그지없이 평온해진다. 난무하던 욕설의 흔적은 사라지고 평온을 되찾은 교회당 안은 딴 세상이다.

"일동 차렷! 교장선생님의 훈시가 있겠습니다."

"사랑하는 영생 건아 여러분! 여러분을 볼 때마다 마음 든든합니다. 우리 영생학교는 다른 여타의 미션 스쿨에 비해 늦게 개원했으나 더 빨리 비상하도록 건물을 제트기식으로 건축하고 있습니다. 이 일을 위해 기도로 동참해 주시기를 바랍니다. 여러분들의 기도를 하나님이 들어주십니다."

교목 정진철 목사님이 찬송을 인도했다.

식이는 교장선생님 말씀대로 학교의 어려운 재정을 하나님께서 해결해 주시도록 기도하기로 했다. 수업이 끝나면 집으로 가서 도시락을 두 개 싸 갖고 다시 교회로 갔다. 부흥회에는 사람들이 많이 몰려들었다. 아픈 이들은 앞자리를 차지하고 있었다.

'아프면 병원엘 가야지, 왜 여기에 왔을까?'

"아주머니! 아저씨가 많이 편찮으신가 봐요? 병원에 가셔야지, 왜 여기에 계세요?"

"우린들 병원에 가고 싶지 않겠는가?"

"그런데 왜 병원에 안 가세요?"

"돈이 웬수야, 웬수! 입원비만 20만 원이라는데 그 만한 돈이 있어야 가지! 저 썩어 문드러질 인간이 건강할 때는 돈 벌어서 저 혼자 술 퍼먹고 계집질 하다가 죽게 생기니까 기어들어와서 저러고 있으니 내다버릴 수도 없고 그래서 여기 온 거라우. 아이고 내 팔자야!"

아주머니는 말씀은 그렇게 하시면서도 주님께 정성껏 기도하셨다. 하나님의 기적이 꼭 필요했다.

사방이 어두워지면 저녁 집회가 시작되었다. 찬송을 인도하는 사람들은 번갈아가면서 보혈 찬송과 성령 강림 찬송을 부르며 교우들의 열기를 끌어올렸다. 박수를 치면서 사람들은 열심히 찬송을 불렀다. 식이도 열심히 함께 불렀다. 어떤 사람들은 일어나서 박수를 치며 춤도 추었다. 앞에서는 큰북 소리가 곡조에 맞춰서 "둥둥 둥둥" 울려퍼졌다. 뜨거운 열기가 달아올랐다. 사회자가 우렁찬 목소리로 통성기도를 요청했다.

"우리 함께 통성으로 기도합시다! 하나님이 말씀하십니다. '너희 목마른 자들아 물로 나아오라! 돈 없는 자도 오라! 너희는 와서 사 먹되 돈 없이 값 없이 와서 포도주와 젖을 사라."

"아멘. 아멘. 아멘."

"은과 금은 내게 없으나 내게 있는 것으로 네게 주노니 나사렛 예수 그리스도의 이름으로 일어나 걸으라! 주 예수의 이름으로 걸으라! 와서 구하라. 너는 내게 부르짖으라. 네가 알지 못하는 크고 비밀한 것을 네게 보여주리라! '주여'를 삼창하시면서 기도를 시작하겠습니다."

"주여! 주여! 주여!"

"둥둥둥둥 둥둥둥둥."

북소리가 울려퍼졌다.

기도의 열기가 불꽃이 되어 교회 천장을 향해 피어오르고, 교회 천장에 기도의 불이 타 올라 붙어서 성령의 불이 다시 아래로 향해 내려퍼지는 것 같았다. 마침내 화염방사기가 불을 뿜어냈다. 식이 주위에서 사람들의 부르짖는 소리가 뒤엉켜 공중으로 솟아올랐다.

"주여! 주여! 쉬쉬 훠훠 쌕쌕 랄랄랄라."

"앗 뜨거!"

성령의 강력한 임하심이었다. 교회 주변에 있던 악귀들이 울상을 지으며 멀리 멀리 달아나는 느낌이 들었다.

식이는 열심히 찬송을 부르고 기도하고 선교사님의 값진 말씀을 들으며 한 주간을 교회당에서 보냈다. 부흥회가 우선이었다. 학교에서 수업만 겨우 들었다. 그래도 수업 내용은 다 이해했다. 미국 선교사님은 "예수님을 인격적으로 만나야 한다"고 하셨다.

"여러분! 우리가 믿는 하나님은 동네 아저씨가 아닙니다. 그분은 우리가 앉고 서는 것을 아시며 우리에게 필요한 것이 무엇인지 잘 알고 계십니다. '구하라 그러면 너희에게 주실 것이요. 찾으라 그러면 찾을 것이요. 문을 두드리라 그러면 너희에게 열릴 것이니 구하는 이마다 얻을 것이요. 찾는 이가 찾을 것이요. 두드리는 이에게 열릴 것이다'라고 말씀하십니다."

"아멘! 아멘! 아멘!"

"자, 이제 우리 기도 제목을 갖고 주님 앞으로 나아갑시다. 소리 높여 주님을 부릅시다. 주여! 주여! 주여!"

도떼기시장 같았다. 여기저기서 방언기도가 들려왔다.

"따다다다 따다다다" 따발총 소리도 들려왔다. "엘렐렐레 엘렐렐레" 혀꼬부라진 소리였다. 사람들 입에서 방언이 터지고, 가슴을 치며 통곡하는 소리도 들려왔다.

식이의 기도 제목은 세 가지였다.

첫째, 바른 신앙을 갖게 해주세요. 둘째, 학교의 건축 재정을 해결해 주세요. 셋째, 죽을병에 걸린 환자들을 낫게 해주세요.

그런데 식이는 기도가 나오지 않았다.

"아니, 무슨 일이지? 왜 이렇게 기도에 열성과 감각이 전혀 없지?"

식이는 부끄러웠다. 사람들이 쳐다보는 것만 같아 땅속으로 기어들어 가고 싶었다. 그때 선교사님의 설교 말씀이 생각났다.

"여러분, 하나님과 우리 사이에는 두꺼운 장벽이 가로막혀 있습니다. 그 장벽은 삼팔선보다 더 두껍습니다. 그것은 죄악의 장벽입니다. 그 장벽을 이 시간 허물어 버리세요. 그 장벽이 가로막혀 있는 한 우리는 하나님을 만날 수도 볼 수도 없습니다. 장벽을 헐어 버리세요! 그러면 방언도 받습니다. 기적을 체험합니다."

식이는 스스로가 한심하고 창피했다. 사람들이 기도하는 모습을 구경하고 있는 자신이 마치 이방인 같았다. 그래서 사람들 사이를 비집고 강단 앞으로 기어나갔다. 교회당 바닥에 무릎을 꿇고 강단에 기도의 손을 올려 놓으면서 하나님께 따져 물었다.

"하나님! 도대체 모태신앙인인 제가 방언도 못하고 가슴은 차갑고 기도는 냉랭하고 하나님은 동네 아저씨 같고 어떻게 하면 되겠습니까? 주여! 주여! 주여!"

그때 식이의 귓전에 세미한 음성이 들려왔다.
"너의 사소한 죄까지 내어 놓으면서 자복하고 회개하라!"
나중에는 우레와 같은 음성이 또 들려왔다.
"네 죄를 자복하고 회개하라!"
식이는 그때까지 자기는 죄가 없다고 생각했다.
'내가 죄인이라니! 지금까지 살아오면서 남에게 해꼬지 않고 어른들 말씀 잘 듣고 인사 잘하고 학교도 개근하고 문정교회에서는 꼬마 전도사가 되어 아이들을 가르치는 교사가 아닌가? 내가 왜 죄인이야? 춘우, 삼섭이, 지희와 잘 지내고 전주에 와서도 정수화 등과 잘 지내는데 내게 무슨 죄가 있어? 특별히 교회에서는 전도사님이 맡긴 주일학교도 잘 운영하고 있지 않은가?'

회개기도에 대한 의구심이 마구 생겼다. 그래도 식이는 강단에 의지해서 다시 기도를 시작했다.

"주여! 기도의 문을 열어주십시오."

"주여! 기도의 문을 열어주십시오."

"주여! 기도의 문을 열어주십시오."

"주여! 기도의 문을 열어주십시오"를 반복한 지 10여 분이 지났을까? 기도의 문이 활짝 열렸다. 기도의 문을 통해 식이가 다른 식이의 참모습을 바라본 것이다. 바울이 말한 '내 안의 나'였다(Das ist Ich in mir). 식이 눈앞에 펼쳐진 기도의 활동사진에 보이는 그 자신은 철저하게 이기주의자고 바리새인이고 위선자였다. 그동안의 일들이 주마등처럼 스쳐지나갔다. 학교가 파하고 집에 오면서 교회 청소를 하여 최 전도사님께 칭찬받은 일들이 떠올랐다. 사실, 그 일은 칭찬받기 위해 한 것이었다. 지금까지 한 모든 일이 결국은 자신을 위해 한 것들이었다. 드디어 자신을 제3자로 볼 수 있게 되었다.

'나는 지금까지 거짓으로 일관된 삶을 살았구나!'

그것이 너무나 억울했다. 그래서 식이는 목을 놓아 울었다.

"하나님! 저는 나만 생각하며 가식적인 삶을 살았습니다. 제가 한 모든 것은 나를 위한 것이었지, 남을 위한 것이 아니었습니다. 하나님 일도 아니었습니다."

식이는 자신과 남을 속이며 살았음을 알게 되었다. 그래서 대성통곡을 했다.

"아이고! 아이고! 저는 죄인입니다. 고깃국과 떡을 먹고 싶어서 제삿날을 기다리며 지냈습니다. 이것은 '하나님 이외에 다른 신을 섬기지 말라'는 우상숭배를 범하는 것입니다. 십계명 중 제1계명의 큰 죄를 저질렀습니다. 하나님! 용서해 주십시오. 오늘부터는 있는 그대로 진실되게 살게 해주세요."

그날 식이는 하나님을 "아버지! 아버지! 아버지!"라고 부르면서 인격적으로 영접했다. 하나님을 아버지라고 원없이 불러보았다. 식이에게는 육신의 아버지가 없었다. 그날 이후 하나님이 식이의 신실한 아버지가 되어주었다. 이제는 마음이 든든했다. 아버지가 생겼기 때문이다. 식이는 드디어 왜 하나님과 직통 전화가 되지 않는지를 알게 되었다.

한참 회개기도를 하면서 드디어 방언이 입에서 터져 나왔다.

"드르드를 알랄랄라. 들드르 알렐랄라아."

신기했다. 식이 혀가 말을 토해냈다. 아무리 한국말을 하려 해도 방언이 쏟아져 나왔다. "아멘! 아멘! 아멘!"

식이가 방언을 받게 된 것이었다. 성경에 왜 "회개하고 주 예수를 믿으라"고 했는지 알게 되었다.

얼마나 지났을까? 다섯 시간이 지나가 버렸다. 식이는 철저히 회개했다. 회개할 기도의 제목들이 다 보였다. 자신이 지금까지 위선적인 신앙생활을 한 것에 대해 철저한 반성과 자성의 시간을 가졌다. 강단을 내리치며 계속 기도했다.

"아이고! 아이고! 제가 죄인입니다."

그날 "하나님을 믿는 것은 철저히 하나님의 은혜"라는 것을 알게 되었다. 자신이 믿는다고 되는 것이 아니었다. 15살의 소년이 모태신앙을 벗어나 '회개와 거듭남'의 중생을 경험하는 순간이었다.

"사람이 물과 성령으로 거듭나지 아니하면 하나님의 나라를 볼 수 없느니라."(요 3:3)

식이는 하나님의 나라를 맛보았다. 기도하려면 방언이 튀어나왔다. 방언은 기도의 성벽이자 하나님과 교감할 수 있는 은혜의 고속도로였다. 기도하려면 온갖 세상의 것들이 생각나고 그로 인한 불안과 초조가 공격해 오는데 방언의 성벽이 식이를 막아주면서 하나님께 직행하도록 기도의 문을 열어주었다. 이를 어찌 말로 다 형용할 수 있으랴!

새벽기도가 시작되었다. 새벽기도를 마치고 도시락을 먹은 다음 학교에 가야 한다. 도시락을 열어보니 보리밥이 다 쉬어버렸다. 그래도 맛있게 먹고 학교에 가야 한다. 쉰 보리밥을 들고 수돗가로 가서 물로 헹구었다. 반찬이라고 해야 김치 조각뿐이었지만 밥을 먹을 때 세상이 온통 금빛으로 보였다. 기도로 충만해지면 그렇게 보이는가 보다. 아무것도 필요하지 않았다. 갑자기 세상에 있는 모든 사람들을 사랑할 수 있다는 자신감이 생겼다.

예수님과 교회를 위해 기꺼이 죽겠다고 나설 수도 있을 것 같았다. 이 경험은 식이 자신이 노력해서 얻은 것이 아니라 그저 하늘로부터 주어진 것이었다. 그것을 식이가 수용하고 받아들인 것뿐이다. 식이는 변했다. 거듭났다(Born again). 방언도 받았다. 하늘의 언어를 마음속에 간직하게 되었다. 그 힘이 식이를 미지의 세계로 이끌어 갔다.

식이 주위에는 사람들이 모여들었다. 교회에 갈 때마다 전도한 사람들을 데리고 갔다. 특히 문정교회에서는 아이들이 식이를 형이나 오빠라고 불렀다. 식이는 꼬마 전도사 또는 새끼 전도사로 불렸다.

지금도 식이는 눈을 감으면 창고를 개조하여 만든 문정교회가 외롭게 서 있는 것이 보인다. 교회 문앞에 교회 종탑이 웅장하게 서 있고, 남녀를 구분한 문으로 들어서면 마룻바닥에 앉아 기도하는 사람들이 있었다. 식이 할머니와 동네 할머니들은 맨 앞자리에 앉아 그저 눈을 감고 졸다 왔다. 그래도 주일날이 가까워지면 어김 없이 두부 만든 간수물로 머리를 감았다. 한여름에도 숯불을 피워 모시 적삼과 삼베로 된 치마를 정갈하게 다려 입었다. 주일날 오전이 되면 제일 먼저 교회당에 가셔서 기도하시던 할머니가 그리워진다.

"할머니! 무슨 기도를 드렸어요?"

"그저 자손들 두루 두루 건강하고 잘 되게 해달라고 기도했지! 너 대학 가게 해달라고도 기도하고 있다."

소박한 기도였다. 할머니는 곡조 없는 찬송을 불렀다. 시조처럼 곡조 없이 모든 찬송을 읊으신다. 찬송 가사만 다를 뿐이다.

식이도 그렇게 찬송을 부르고 싶을 때가 있다. 곡조 없는 찬송을 진심을 담아 부르고 싶은 것이다.

유종철 목사님은 매번 같은 말씀을 하셨다.

"예수님 잘 믿고 이 세상에서 복 받고 평안히 살다가 죽으셔서 영원한 생명을 선물로 받으십시오."

"아멘! 아멘! 아멘!"

식이는 장례식장에 가면 이 말씀을 꼭 낭송한다.

"나는 부활이요 생명이니 나를 믿는 자는 죽어도 살겠고 무릇 살아서 나를 믿는 자는 영원히 죽지 아니하리라."(요 11:25-26)

많은 믿음의 사람들이 식이 곁을 떠났다. 엄마도, 할머님도, 은사님도, 목사님도 이 세상을 다 떠났다. 그 중에는 식이에게 실망하고 상처를 받은 사람들도 있었으리라.

이제는 아내와 친구들도 식이 곁을 떠나게 될 것이다. 그러나 외롭지 않다. 식이에게는 '사랑이 스쳐간 자국'이 남아 있기 때문이다.

광야에서 세례 요한의 외침은 "회개하라!"(Penitentiam agite!)였다. 예수님 또한 마찬가지셨다. "회개하라! 천국이 가까워졌느니라."

종교 개혁자 마르틴 루터(Martin Luther)도 95개 조항(95 Theses)에서 신자들의 삶을 회개의 생활로 규정했다.

"우리 주이시며 스승이신 예수 그리스 께서 '회개하라'고 말하셨을 때 그분은 신자들의 온 삶이 회개로 이루어지기를 원하셨다." (Dominus et magister noster Iesus Christus dicendo 'Poenitentiam agite' &c. omnem vitam fidelium penitentiam esse voluit.)

회개는 진행형이다. 회개를 통한 구원을 성화로 이끄는 것이 바른 신앙생활이다. 이것이 구원을 이루었다고 주장하는 장로교와 구원파와의 다른 점이다.

식이는 이 찬송을 날마다 부른다.

저 높은 곳을 향하여 날마다 나아갑니다
내 뜻과 정성 모아서 날마다 기도합니다
내 주여 내 발 붙드사 그곳에 있게 하소서
그곳은 빛과 사랑이 언제나 넘치옵니다 - 찬송가491장

"아멘. 아멘. 아멘."

6. 빼빠빠 룰라(Be-Bop-a-Lula)

식이는 방학이 끝날 때가 되면 매년 외갓집에 갔다. 어렸을 때 삼천동 외갓집은 으리으리하고 컸었는데 전주로 전학 온 후에 간 외갓집은 하그마가 아니라 과수원이 있는 효자동 이모님댁이었다.

그리고 큰이모님댁 별채인 아랫채에 세들어 살고 계시는 작은이모님댁이 식이의 외갓집이 되어 버렸다.

큰이모님댁이 당연히 식이의 외갓집이어야 하는데 효자동에 가면 식이는 큰이모님댁 대문을 들어서면서 직진하지 않고 오른쪽으로 돌아 작은이모님댁으로 가야 했다.

그 시작은 이종사촌 실이 때문이었다.

"형! 우리 집에 오면 저기 큰이모님댁엔 절대 가지 마!"

"아니, 왜? 큰이모님댁에 가면 안돼?"

"저 집 이상해! 큰이모님이 용이라는 천애고아를 데려다가 양아들을 삼았는데 그놈이 주인 행세를 해. 그러니까 그 집구석에는 얼씬거리지도 마!"

"알았어. 그래도 왔다는 인사는 해야지."

"그집 막둥이 정이 형은 사람이 좋은데 큰형 진이는 보건소 소장까지 했으면서도 욕심이 많아서 큰이모님과 작당하여 우리 논밭을 다 빼앗아 갔어. 그 사람들은 나쁜 사람들이야."

"그래. 인사만 하고 올게."

효자동에 가면 실이는 언제나 식이에게 그렇게 주의를 주었다. 그래도 식이는 큰이모님댁에 꼭 들러 인사를 했다.

듣던 대로 큰이모님은 용이라는 양아들을 떠받들고 있었다. 토방을 딛고 방으로 들어가기 위해 안방 밀창을 열었다.

방학이라 진이 형님이 계셨다.

"큰이모님, 진이 형님, 용이 형님, 모두 안녕하셨어요?"

"아, 식이 왔니?"

"예. 방학이 끝나가기에 인사차 잠깐 들렀습니다."

"잘 왔다. 그간 잘 있었고?"

"예."

"너 마침 잘 왔다. 미국 동생에게서 전보가 와서 정이가 건넌방에서 번역을 하고 있는데 깜깜 무소식이네."

"미국에서 전보가 왔어요?"

"그래. 야! 정야! 안방으로 전보 가져오너라! 식이가 왔으니 번역 좀 부탁하자!"

정이 형이 머리를 긁적이며 전보를 큰형에게 내민다.

"예에, 문장이 너무 짧아서 도무지 무슨 말인지 잘 모르겠어요."

"야, 이놈아! 전보는 한 글자당 돈을 받기 때문에 짧아야 돼. 식아, 이게 무슨 내용의 전보냐?"

식이는 전보를 펴보았다.

"누님이 9월 1일 서북항공편으로 서울에 도착한대요. (Arrive by North West Airlines on 1. Sep. in Seoul.)"

"여동생이 온다는 그 말이냐?"

"예, 맞습니다."

큰이모님의 표정이 밝아지셨다.

"아이고, 걔가 식모살이 하느라 고생 고생하는데 온다고 하니 이 어찌 반갑지 않으냐? 식아, 너도 그날 학교 파하는 대로 우리 집으로 오거라. 이번 기회에 네 엄마와 친척들 다함께 모여야겠다."

진이 형님이 정이 형을 향해 한마디했다.

"야 이놈아! 영어 시간에 졸았냐? 누님이 보낸 전보 하나도 해석 못하고?"

용이가 정이 편을 들어주었다.

"정이도 앞으로는 잘할 거예요!"

"예! 예!"

정이와 식이는 함께 방을 빠져 나왔다. 정이 형이 부러운 듯 말했다.

"식아, 너는 어떻게 영어를 그리 잘하니?"

"형, 우선 교과서를 큰소리로 여러 번 읽으면서 다 외워버려! 그러면 돼."

"나도 그렇게 하면 될까?"

"그럼. 형, 나 실이네 가니까 저녁에 만나."

그리고 식이는 아랫집 작은이모님댁으로 내려왔다. 이모님, 양이 누님, 옥이 누님, 금이 모두 과수원에 일하러 나가서 작은이모님댁에는 이모부님과 실이만 있었다.

그 과수원은 장씨네 선산인 야산에 이모부님이 새로 만드신 것이다. 야산에 복숭아나무를 심고 거름을 주고 비료를 뿌리고 가지치기를 하며 3년간 정성껏 가꿨다.

겨울에는 똥장군을 짊어지고 집에서 오 리쯤 떨어진 곳에 있는 산을 오르내리며 일하시는 모습을 여러 번 보았다.

이모부님은 일본에 징용으로 끌려가서 고생을 많이 하였다. 오른팔에는 큰 용 한 마리가 휘감고 있는 문신이 새겨져 있었다. 한국인들을 괴롭히는 일본 야쿠자 놈들을 상대로 싸웠다는 말을 들었다.

드디어 금년에 첫 복숭아 수확을 하게 되었다. 이모부님은 저녁에 복숭아를 대형 트럭에 실어 보내기 전에 잠깐 눈을 붙이러 들어온 것이었다.

해병대에 입대한 장남 환이 형님이 휴가를 나왔다는데 시내에 계신 작은아버지댁에 갔다고 한다. 작은아버지는 스님이었다.

식이는 환이 형을 무척 좋아했다. 그래서 하루 작은이모님댁에서 자고 갈 생각이다. 식이는 환이 형이 빨리 오면 좋겠다고 생각했다.

"이모부님, 저 왔습니다."

"어, 식이냐? 그동안 잘 있었구? 공부는 잘하고 있냐?"

"예. 열심히 하고 있습니다."

"학생은 뭐니 뭐니 해도 공부를 열심히 해야 하느니라."

"예, 이모부님. 오늘 제가 이모부님 드리려고 양담배 한 갑 사 왔습니다."

식이는 지난번 서울 남대문 시장에서 사온 카우보이 표 양담배 말보로(Malboro) 한 갑을 이모부님께 드렸다. 윗목을 보니 어두컴컴한 방에서 실이가 아버지 성화에 못 이겨 책상 앞에 앉아 졸고 있었다.

이모부님이 일어나며 말씀하셨다.

"네가 양담배를 다 사왔어? 나한테 아직까지 양담배를 사다 준 사람이 없었는데 식이 네가 양담배를 사왔구나! 고맙다."

한여름 런닝 셔츠 아래로 보이는 오른팔에 큰 용 한 마리가 금방이라도 날아오를 듯한 자세를 취하고 있었다.

"식아, 고맙다."

이모부님은 과수원 일로 지쳤는지 식이가 내미는 양담배를 받고는 다시 누웠다. 그러더니 실이를 향해 불호령을 내렸다.

"야 이놈아! 식이 형 왔으니까 영어, 수학 좀 가르쳐 달라고 해서 배워라!"

"예! 예! 예! 알았고 마니라!"

"식아, 미안하다. 내가 지금 조금 눈을 붙여야 오늘 저녁에 복숭아를 서울 약간으로 보낼 수 있단다. 나 자는 거 신경 쓰지 말고 온김에 네가 실이 공부 좀 가르쳐 주거라."

"예, 그렇게 하겠습니다."

이모부님은 드러눕자마자 코를 골기 시작하셨다.

"드르렁 드르렁, 우우욱…푸우욱. 드르렁 드르렁, 우우욱…푸우욱."

무호흡도 섞였다.

'저러다 숨막혀 돌아가시면 어쩌냐?'

식이는 이모부님을 흔들어 깨웠다.

"이모부님! 이모부님! 베개를 잘 베세요!"

"아! 그래. 고맙다."

식이에게 이모부님의 코골이는 큰 골칫거리였다. 밤중에 이모부님이 코를 고시면 식이의 심장이 쿵쾅거렸다. 아예 귀를 막기도 하지만 속수무책이었다.

식이는 윗목 작은 책상 앞에 꼼짝없이 잡혀 있는 실이 옆으로 갔다.

"실이야, 영어나 수학 가운데 모르는 것 있으면 물어봐."

"형, 없어. 조금 있다가 아버지가 코를 더 크게 고시면 우리 조용히 일어나 과수원에 가서 복숭아 따먹자. 내가 형 주려고 좋은 걸로 찍어 놨어."

주무시던 이모부님이 갑자기 소리를 치셨다.

"야 이놈아! 식이 형하고 공부 잘하고 있어?"

"예! 예! 예! 아버지. 잘하고 있고 마니라!"

실이는 막둥이처럼 대답은 잘하면서도 공부할 생각은 전혀 없었다. 심지어 영어 교과서 위에 만화책을 펴놓고 있었다.

"야, 너 이러면 되냐? 아버지한테 들켜서 혼나면 어쩌려고?"

"염려 마. 조금만 기다려. 아버지가 코를 더 크게 고시면 슬쩍 빠져 나가 과수원에 가서 복숭아 따먹세."

이모부님은 다시 코를 더 크게 골았다. 토끼들이 뛸 때가 온 것이다. 아니, 가을에 고개를 갸우뚱갸우뚱 하다가 멀리 튀어 날아가 버리는 메뚜기 두 마리가 되었다.

실이가 입에 손을 대며 "쉬잇!" 했다. 그러더니 살그머니 밀창을 열었다. 식이도 생쥐처럼 조용히 실이를 따라나왔다.

식이는 졸면서 실이 뒤를 따랐다. 실이는 아예 맨발로 두 손에 신발을 들고 나와서는 대문 앞에서 신었다.

둘은 동네앞 실개천을 건너 복숭아 과수원으로 가면서 이모부님 손과 팔에 그려진 용 문신에 대해 이야기했다.

"휴우~ 형, 우리 아버지 오른팔에 있는 용 그림 봤지?"

"야, 그 용 무섭기도 하고 징그럽기도 하더라."

"아버지는 그 용 덕을 정말 많이 봤대. 용이 자신을 지켜줬다고 믿으셔."

"용 덕을 보다니, 어떻게?"

"우리 아버지가 일본놈들한테 끌려가 광부일을 하셨대. 하시마섬(端島, はしま)인데 그 섬은 일본 나가사키현 나가사키시에 있는 무인도로 섬 모양이 마치 군함처럼 생겨서 군함도(軍艦島, ぐんかんじま)라고도 불린다고 해."

"아! 그 섬? 1940년대에 조선인을 강제 징용해서 석탄 노동을 시킨 곳인데 많은 조선인들이 희생됐다고 하더라고."

"아버지는 거기서 살아 돌아오신 거야. 아버지는 그걸 다 용이 살려줬다고 믿고 계셔. 아버지 본명도 사실 장광용이야. '장씨 가문을 빛낼 용'이라는 뜻이지."

"고생 많이 하셨구나."

"그때 일본 깡패 조직 야쿠자 놈들이 한국인을 괴롭히면 아버지가 쫓아가서 박살을 내셨대."

"야! 대단하시다!"

둘은 과수원에 도착했다. 이모님과 양이 누님, 옥이 누님, 금이가 라디오를 틀어 놓고 서울로 보낼 복숭아 마지막 작업을 하고 있었다.

라디오에서는 「노란 샤쓰 사나이」가 신나게 울려 퍼지고 있었다.

노오란 샤쓰 입은 말없는 그 사람이

어쩐지 나는 좋아 어쩐지 맘에 들어

미남은 아니지만 씩씩한 생김생김

그이가 나는 좋아 어쩐지 맘이 쏠려

아아 야릇한 마음 처음 느껴본 심정

아아 그이도 나를 좋아하고 계실까… - 「노란 샤쓰의 사나이」

금이는 라디오에서 나오는 노래를 가수처럼 잘 따라불렀다. 고개를 흔들면서 신이 나서 노래를 불렀다.

"이모님, 누님들, 금이 동생, 모두 안녕하십니까?"

"식이 왔나?"

"오랜만이다."

"오빠, 잘 있었어?"

"금이 잘 있었나?"

여기저기서 한꺼번에 인사가 쏟아졌다.

"우리는 지금 저 위 과수원 원두막에 가는 중입니다."

"그래, 다녀와. 저녁 먹을 때 늦지 않게 집에 와라."

실이는 과수원 중앙의 가장 높은 곳에 위치한 원두막으로 식이를 데려갔다.

"형, 여기 원두막 옆에 있는 이 나무들은 아버지가 가장 아끼시는 나무들이야."

"여기 있는 복숭아들은 아래쪽 것보다 훨씬 크다."

"이찌, 니, 산, 시, 고, 로코, 시찌, 하치. 동서남북 두 그루씩 모두 여덟 그루야."

"실아, 너 일본어 잘한다!"

"그래? 서양놈들이 씨부렁거리는 영어는 영 취미가 없어."

"그래서 일본놈들 말을 배우려고 해. 나중에 일본으로 돈 벌러 가야지."

"'아리깟또 고자이마스'는 '고맙다'는 말이고, '스미마셍'은 '미안하다'는 말이냐?"

"그래! 내게는 일본어가 영어보다 쉬워."

실이는 탐스러운 것으로 골라 복숭아를 5개 땄다.

"형, 자, 먹어."

복숭아는 8월 초순에 나오는 복숭아 품종인 백도였다.

실이는 복숭아를 잘 먹었다. 식이가 한 개 먹을 동안 실이는 두 개를 먹었다. 그때는 '대구 사과, 나주 배, 전주 복숭아'를 최고로 쳤다.

전주의 잘 익은 백도는 껍질을 통째로 벗겨서 먹는다. 꼭지 부분에 엄지와 검지를 넣어 흠집을 내고 아래로 당기면 껍질이 쏙 벗겨지면서 하얀 속살이 드러난다.

그걸 한 입 베어 물면 새콤달콤한 물이 질질 흘러내리며 복숭아가 입안에서 사르르 녹아버린다.

더구나 식이가 지금 먹고 있는 백도는 복숭아 과수원집 아들 실이가 점찍어 놓은 최상품이었다. 잘 익은 것을 따서 한 개 먹으니 배가 불러왔다.

식이는 지금까지 이렇게 맛있는 복숭아를 먹어본 적이 없었다.

"실이야, 너희 집 백도 복숭아는 한 개만 먹어도 배가 부르다. 이모부님이 이 나무들을 그렇게 소중히 여기신다는데 몰래 따먹는 게 좀 꺼림칙하다."

"형! 걱정마. 어서 먹어. 원래 복숭아는 달밤에 먹어야 한다잖아. 복숭아 벌레까지 먹어야 좋대."

"한 개 먹었는데도 이렇게 배가 부른데 한 개는 남겨두었다가 내일 환이 형 줄까?"

"환이 형 건 내가 따로 챙길 테니까 그런 염려 말고 먹어! 오줌 한 번 싸면 배가 푹 꺼져버릴 거야."

"그래, 알았다."

전주 백도가 신나게 목구멍으로 넘어갔다. 과즙이 목을 타고 넘어가니 속이 시원해졌다. 이미 어두워지고 있었다. 갑자기 인기척이 느껴졌다. 이모부님이었다.

오늘밤에 트럭에 실어 보낼 전주 복숭아 상자들을 길가에 내다 놓고, 도매상 주인에게 보낼 복숭아를 점검하러 온 것이었다.

복숭아 원두막 근처에 오셔서 복숭아를 살펴보았다. 그러더니 큰소리로 외쳤다.

"아니, 어떤 놈이 여기 이 나무에서 복숭아를 따먹었지? 이 복숭아는 서울 도매상 사장님께 보낼 건데!"

실이 들으라고 큰소리로 역정을 내는데 이모부님 목소리가 어찌나 큰지 식이는 오금이 저렸다. 마치 용이 입에서 내뿜는 화염이 연상되었다. 실이는 기어들어가는 목소리로 머리를 긁적이며 모기만하게 말했다.

"어 그게, 식이 형, 따주었고마니라우."

"그래? 그렇다면 잘했다. 식아, 더 먹고 싶으냐? 실이한테 말해서 익은 걸로 실컷 따먹어라."

식이는 미안함에 어쩔 줄 몰라 했다.

이모부님은 그 말을 하고는 아래로 내려갔다.

"형, 그 봐. 내가 뭐랬어? 아버지가 형을 얼마나 좋아하는지 몰라. 형한테는 아낌없이 다 주려고 하셔."

"이제 우리도 내려가자. 가서 저녁 먹어야지."

"그래, 그러자."

두 사람은 방금 들었던 「노란 샤쓰의 사나이」를 흥얼거리며 내려왔다.

식이는 작은이모님댁으로 왔다. 큰이모님댁은 부잣집이라 먹을 것이 더 많겠지만 선뜻 마음이 내키지 않았다.

작은이모님댁의 식사는 꽁보리밥에 꼬들빼기 김치, 시래깃국, 꽁치 지진 것이 전부였다. 식이까지 8명이 둘러앉아 밥을 먹었다. 밥이 꿀맛이었다.

밤중에 서울로 복숭아를 실어갈 대형 트럭이 도착했다.

중학교 3학년 때도 여름방학이 끝나기 전에 식이는 이모님댁에 갔다. 중평리에서 효자동을 가려면 용안리, 장교리 동네를 지나가야 한다.

그런데 장교리에서 힘깨나 쓰는 듯한 인상의 낯선 청년들이 동네 입구에서 담배를 꼬나물고 지나가는 아이들을 붙잡고 검문검색을 하고 있었다.

식이도 예외는 아니었다.

"야, 이 새끼야. 너 이리 와 봐."

"너 어디 살아? 지금 어디 가는 중이야?"

"나 중평리에 사는데. 왜 그래? 지금 이모부님댁에 가는 중이야."

"중평리 산다고? 중평리 사는 강수형 아냐?"

"잘 알지."

"그럼 가."

신원이 확인되고 나니 순순히 보내주었다. 그렇지 않으면 담뱃값 정도의 통행세를 내거나 한 대 맞고 가야 했다.

이모님댁 과수원에서는 백도를 수확하고 있었다. 화장실은 바깥 대문 입구의 한쪽 구석에 있었다. 짚으로 사방을 엮고, 가마니로 문을 만든 화장실은 대낮에도 어두컴컴했다. 바닥에 큰 항아리를 묻어 용변을 보게 되어 있었는데 거기에 한 번 빠지면 아주 위험했다. 어미 닭이 구더기를 잡아먹으러 들어갔다가 병아리들이 빠져 죽는 경우도 많았다.

식이가 화장실에 갔을 때도 병아리 한 마리가 빠져 허우적거리고 있었다.

"삐악, 삐악, 삐이이악!"

"실이야, 이게 무슨 소리지?"

"병아리가 똥통에 빠졌나 봐."

식이는 작대기를 가져와 병아리를 구출했다. 간혹 사람도 발을 헛디뎌 빠지는 일이 종종 있었다. 그러면 피부병에 걸려 오랫동안 고생했다.

당시에 병원은 돈 있는 사람이나 가는 곳이었다. 그래서 점집이 문전성시를 이루었다. 굿하는 소리가 여기저기서 들렸다. 굿을 해서 병이 낫는 경우보다는 죽어나가는 경우가 더 많았다.

무료로 진료받을 수 있는 곳이 한 곳(전주의 예수병원) 있긴 한데 목사님이나 전도사님과 함께 가야 그 혜택을 받을 수 있었다.

저녁이 되자 이모부님과 잠을 잘 생각에 두려워졌다. 그래서 큰이모님댁 과수원으로 갔다. 정이 형이 과수원을 지키고 있었다.

"정이 형! 나왔어!"

"식이냐? 조심스럽게 올라와!"

위에서 내려다보며 소리를 지르는 정이 형의 목소리가 들렸다.

큰이모님댁 과수원은 원두막이 매우 높았다. 살아 있는 큰 미루나무에 잇대어 만든 원두막이었다.

계단만 20개가 넘었으니 한 계단을 50센티미터로 계산하면 10미터나 되었다. 그곳을 오를 때는 몸을 흔들지 말고 조심스럽게 올라야 했다. 높이 오를수록 원두막이 흔들리는 것을 느꼈다. 양쪽으로 난간을 만들어 놓았으나 그것도 시원찮아서 흔들흔들했다.

겨우 계단을 다 올라와 보니 미루나무에 잇대어 만든 원두막 한쪽이 경사가 져 있었다. 나무가 자라서 원두막 한쪽이 같이 올라간 것이었다. 원두막이 한쪽으로 쏠려 무너질 것 같았다.

"정이 형! 여기 오르기도 위험하지만 기울어서 어떻게 잠을 자?"

"걱정하지 마! 이 원두막은 살아 있는 나무에 동여매 만들었기 때문에 전혀 염려할 거 없어!"

"아, 그래?"

"너 주려고 자두를 따다 놨으니 실컷 먹어라!"

정이 형은 인정이 많은 사람이었다. 식이는 원두막에서 잠을 잤다.

밤 10시가 되면 라디오에서 음악과 함께 "청소년 여러분 밤이 깊었습니다. 이제 집으로 귀가해 주십시오"라는 여자 아나운서의 부드러운 목소리가 들려왔다.

꿈을 꾸었다. 비행기를 타고 미국에 가서 영어로 인사도 하고 물건도 사고 식당에도 가고 마음껏 돌아다니는 꿈이었다.

식이는 모기장을 치고 포대기를 덮고 잤으나 추위를 느껴 잠에서 깼다. 해가 떠오르려는지 동쪽 산너머에 있는 영산리 쪽은 동이 터 오는 중이었고, 원두막 주위에서는 차 소리가 이따금씩 들려왔다.

"정이 형, 나 어제 미국 간 꿈을 꾸었어."

"누님이 9월 1일에 온다고 하니까 그런 거 아닐까? 좌우간 그 날은 학교 끝나고 바로 우리 집으로 와!"

"그날 여산에 계시는 우리 엄마도 오실 것 같아."

"그렇게 되면 좋겠다."

한참 있으니까 실이 목소리가 들렸다.

"식이 형! 식이 형! 엄마가 아침 밥 먹으러 오래."

"그래, 내려갈게."

"참 전주 시내에 갔던 환이 형이 돌아왔어."

"그랬구나! 먼저 가. 뒤따라갈게."

실이는 작은이모님댁으로 왔다.

"저 왔습니다."

"식이야, 어서 오니라."

이모님이 반갑게 맞아주셨다.

"거기 환이 옆에 앉아서 먹어라."

이모부님이 교통 정리를 해주셨다.

"환이 형 왔어?"

환이는 엉거주춤하게 서 있는 식이에게 알은체를 했다.

"그래. 그간 잘 있었니? 식이야, 이쪽으로 와서 앉아."

환이 형 손에 이끌려 자리를 잡고 앉았다.

반찬은 쌀을 조금 섞은 보리밥에 콩나물국, 돼지고기 김치찌개, 꼬들빼기 김치, 단무지 무침이었다.

이모님댁에서 먹는 밥은 언제나 맛이 있었다. 특히 고들빼기 김치는 아무데서나 먹을 수 있는 것이 아니었다. 씹으면 쌉쓰름하면서도 매콤하고 단맛이 나는 별미 중의 별미였다. 이 맛은 이모님만이 낼 수 있는 맛이었다.

"환이야! 너 밥 먹고서 식이 데리고 과수원 한 바퀴 돌고 와라."

이모부님이 말씀하셨다.

"예! 그렇게 하죠."

밥을 먹자마자 환이 형이 식이를 과수원으로 이끈다. 작은이모님댁에서는 이모부님의 말씀이 절대적이었다.

환이 형은 곧 제대한다고 한다. 환이 형이 신은 구두는 먼지 하나 없이 반짝거렸고, 바지 가랑이 끝에는 실탄을 넣은 용수철 링을 넣어서 걸을 때마다 "착 착 착 착" 소리가 났다.

"환이 형! 왜 해병대에 갔어?"

"나? 내가 해병대에 간 것은 그저 과수원 일을 하기 싫어서였어! 제대하면 전주전매청에 취직이 보장되어 있으니까. 친구 우성이 아버지가 전매청장이야."

"전매청에는 친척들도 다니고 있잖아."

"난 농사일은 하고 싶지 않아."

환이 형이 걸어가면 바지 밑에서 "착 착 착 착" 소리가 났다. 해병대는 절도가 있고 기백이 있고 멋이 있어 보였다. 그 당시로부터 지금껏 이어오는 해병대의 별칭은 "귀신 잡는 해병"이다.

귀신잡는 용사 해병 우리는 해병대

젊은 피가 끓는 정열 어느 누가 막으랴

라이라이라이라이 차차차

라이라이라이라이 차차차

사랑에는 약한 해병 바다의 사나이

꿈속에서 보는 처녀 달링 아이 러브 유

오늘은 어느 곳에 훈련을 받고

휴가는 어느 날짜 기다려보나

우리는 해병대(우리는 해병대) ROKMC(ROKMC)

헤이빠빠리빠 헤이빠빠리빠

싸워서 이기고 지면은 죽어라

헤이빠빠리빠 헤이빠빠리빠

부라보 부라보 해병대

해병대원들은 이 노래를 부를 때 해병대 특유의 팔각모를 오른손에 거머쥐고 대각선 위아래로 흔들었다. 왼손은 허리춤에 붙이고 부동자세를 유지하면서 상체를 좌우로 흔들며 불렀다. 환이 형을 가까이하면서 식이는 나중에 해병대에 가고 싶었다. 가급적이면 대학 졸업과 동시에 해병대 장교로 가서 고된 훈련을 받아 참된 군인이 되고 싶었다.

7. 군계일학

식이가 전교 1등을 했다. 식이는 '죽어라 공부'했다. 시험을 볼 때는 아예 3~4일간 한숨도 자지 않았다. 잠이 오면 우물에 가서 두레박으로 물을 떠서 온몸에 계속 퍼부었다. 찬물을 끼얹으면 정신이 번쩍 든다.

"아유 시원해. 잠이 다 달아나네."

겨울에도 찬물로 냉수욕을 했다. 차가운 날씨에 냉수욕을 하면 온몸이 시시나무 떨리듯이 흔들린다. 입술이 짙은 남색으로 변하면서 이가 덜덜 떨렸다.

"으드득 으드득 으흐흐 으흐흐."

온몸이 바싹 오그라드는 것만 같아서 식이는 재빨리 수건으로 몸을 닦으면서 방안으로 뛰어들어 가지만 이미 쪼그라진 몸이라서 발걸음이 마음처럼 내딛어지지 않는다. 입에서는 연신 무의식적으로 헛말이 튀어나왔다.

"아이고오 추우워."

다시 초롱불을 켠 책상으로 돌아와 집중을 했다. 그리고 시험 과목을 점검해 본다. 영어, 국사, 세계사는 자신이 있었다.

이번에 새로 오신 탁이 선생님은 매 시간마다 사자 성어를 가르치면서 무조건 외우라고 강조하였다.

"너희들 중에 형님이나 친척 가운데 고려대학교를 졸업한 사람 있으면 손들어 봐."

친구들이 머뭇 머뭇하다가 한두 명이 손을 들었다. 선생님은 반가운 듯이 그 아이들 옆으로 달려갔다.

한동안 수업은 뒷전으로 하시고는 그 아이들에게 물었다.

"고대 졸업한 분이 삼촌이냐?"

"아니요! 사촌 형이예요."

"어데 사셔?"

"서울에 사세요"

"아 그래? 지금 무슨 일을 하시냐?"

"회사에 다니세요."

"한 번 만나고 싶다. 나중에 전화번호 알려줘."

"예."

국어 시간이 갑자기 고대 동문회장으로 변해버렸다.

한국에는 철벽성이 셋 있다고 했다. 전라도 향우회, 해병대 전우회 그리고 고대 동문회란다.

가운데 방에서 주무시는 할머니는 으레 상자곽 속에 들어 있는 광석라디오를 귓전에 바짝 대고 주무시는 것이 일상이었다. 그 소리가 공부하는 데 방해가 되면 식이는 할머니 머리맡의 들창문을 열고 말했다.

"할머니 소리가 너무 커요. 라디오 소리 좀 줄여 주세요."

시험이 끝나면 교실에 혼자 남아 수위 아저씨 눈을 피해 문을 걸어 잠그고 다음 시험 준비를 했다. 집에 오면 혼자 사용하는 동아실방문을 걸어 잠그고 책과 씨름했다. 그리고 비가 오나 눈이 오나 왕복 두세 시간씩 학교를 걸어다니면서 매일 국어, 영어, 수학 등 중요 과목의 요점들을 외웠다.

엄마의 신앙적 이유로 식이는 Y고등학교에 진학했고, 그저 열심히 공부에 전념했다. 실업계 고등학교 진학은 아예 생각조차 하지 못했다. 선생님들로부터 일류 인문계 고등학교 진학을 권유받았으나 식이는 예배도 드리고 성경 공부도 할 수 있는 이 학교가 마음에 들었다.

처음 여산에서 전주로 전학을 왔을 때 식이는 문화적인 충격을 받았다. 지금까지 식이가 알고 있는 것과 완전히 다른 세상이었다.

세상에서 가장 아름다운 단어는 '엄마'다. 식이는 엄마의 사랑을 듬뿍 받고 자랐다. 농한기에 여산 두여리교회에서 열렸던 심령부흥회 때마다 엄마 등에 업혀 다니며 하모니카를 불던 기억이 어렴풋이 난다. 그도 그럴 것이 세 살짜리가 밤늦게까지 자지도 않고 찬 교회 마룻바닥에 서서 엄마가 쥐어주는 금속물체를 입에 물고 "내 주를 가까이 하게 함은 십자가 짐 같은 고생이나 내 일생 소원은 늘 찬송하면서 주께 더 나가기 원합니다"를 선율에 맞춰 불지 않았는가? 식이는 가사의 내용도 모르고 그저 불었을 뿐이지만 교인들은 "아멘 아멘, 주여 주여, 할렐루야! 아멘"을 외쳐댔다. 그리고 우레와 같은 박수를 쳤었다.

식이에게 어릴 적 부흥회의 기억은 탄식과 울음 소리가 전부였다. 식이는 이런 장면들이 무서울 따름이었다.

철이 들면서 계속 의문이 들었다.

'사람들은 왜 이 늦은 밤까지 이렇게 서럽도록 울어댈까? 멀리서 오셨다는 부흥사 목사님은 마치 교인들을 죄인 다루듯이 하면서 왜 다그치는 걸까? 엄마는 왜 평소의 우리 엄마답지 않게 목소리를 높여가며 우는 듯한 소리를 내는 걸까?'

한 뱃속에서 나왔지만 식이와 숙이는 성격이 정반대다. 식이는 그런대로 대인관계가 원만하게 자랐는데, 숙이는 어렸을 때부터 엄마가 장사를 하느라 전주 할머니에게 떼어놓아서 그런지 뭔가 마음에 채워지지 않은 갈급함이 있는 듯했다. 숙이는 할머니 손에서 고등학교까지 다녔다. 그래서 숙이는 사람과 쉽게 친해지기도 하지만 쉽게 결별도 한다. 자기가 조금이라도 무시를 당했다고 생각하면 그것을 곱씹으며 따지려 든다.

모처럼 여산에서 장사하던 엄마가 오셨다. 식이는 엄마와 오랫만에 저녁예배를 다녀왔다.

"식아! 엄마 없을 동안에 작은집 식구들과 잘 지내고 있었지?"

"예, 밥도 잘 먹고 공부도 열심히 했어요. 이번에 반에서 2등을 하여 B급 장학생이 됐어요. 그래서 수업료는 반절만 내면 돼요."

"그래? 감사한 일이다."

"더 열심히 하면 곧 A급 장학생도 될 수 있어요."

"그렇지 않아도 어제 선생님을 찾아뵈었다. 네 칭찬을 많이 하시더라. 감사하게도 선생님이 여산에서 가져온 군대 모기장을 한 개 사주셨다."

"엄마 언제 가세요?"

"내일은 가봐야 할 것 같아. 한 달 후에 다시 올게."

식이는 엄마와 숙이 누나와 함께 잠자리에 들었다. 엄마를 가운데 두고 식이는 엄마 오른편에, 숙이는 엄마 왼편에 누웠다.

"엄마 자아?"

"자야지."

숙이는 이미 깊은 잠에 빠져 있었다.

다음날, 식이는 부지런히 걸어서 학교로 갔다. 교실이 부족하여 오전 수업만 있어서 도시락은 필요 없었다. 도시락이라고 해야 국가 시책에 따라 보리 섞은 밥에 반찬은 김치나 깍두기였다. 그때 병도 귀해서 도시락에서 흘러나온 김칫국물은 온 가방을 적시고 김칫국물에 젖은 책들에서 시큼한 냄새가 났다.

한국전쟁을 치른 지가 10여 년이 지났으나 도로나 다리, 농토, 건축물 등 기간 산업은 엉망이었다. 식이는 20여 리를 걸어서 윗동네 아이들과 어울려 학교에 다녔다. 공부를 제법 잘하는 아이도 있었지만 가방만 들고 왔다 갔다 하는 아이들도 있었다. 말이 중학생이지 그런 아이들은 abc도 잘 모를 정도였다.

"얘들아, 오늘 오전 수업만 한다며?"

"아 맞아. 오늘 오전 수업만 한다고 했어."

"새 건물을 아직 다 짓지 못해서 2, 3학년 학생들은 오전 수업만 하고, 신입생은 숫자가 많아서 오후 수업을 한대."

용이가 거침없이 말했다. 용이는 2학년이지만 식이와 나이가 같아서 둘이는 말을 터놓고 지냈다. 요즘은 유도를 배운다고 한 번씩 유도하는 시늉을 할 때가 있다.

뒤에서 따릉 따릉 소리가 들려 돌아보니 만택이 형이었다.

얼굴이 새카만 형이 빙긋이 웃으며 식이에게 말을 걸었다.

"학교 가냐?"

"예, 안녕하슈!"

"따릉 따릉 끼익" 소리를 내면서 식이 앞에 자전거가 멈춰 섰다.

"식이야, 뒤에 타라! 학교 들어가는 골목까지 태워줄게."

학교까지 가려면 아직 30분은 더 가야 한다. 다른 아이들이 식이를 부러운 눈길로 바라본다. 식이는 두말하지 않고 만택이 형 자전거 뒷자리에 걸터앉았다. 거추장스런 가방은 만택이 형 등 뒤 밑쪽에 세워서 밀어 넣었다.

"얘들아 미안해. 나 먼저 갈게."

"그래 너 먼저 가아."

그날 식이는 후덕한 만택이 형 덕분에 편하게 학교에 갔다. 가끔 만택이 형은 식이를 태워다 주곤 했다.

수업은 4교시까지밖에 없었다. 교실이 부족하여 당분간 2부제로 운영되기 때문에 4교시를 해야 한다.

홍판사라는 별명의 수학 교사는 아이들을 모아 그룹 과외를 하는데 아이들에게 시험 문제도 알려준다고 했다. 식이는 집이 멀어서 시간도 없고 또 과외비 낼 돈도 없어서 과외를 할 수 없었다.

그럼에도 식이는 여산에서 전학 와서 6개월 만에 B급 장학생이 되었고, A급 장학생 그리고 고등학생 때는 전교 1등을 했다.

8. 꼬리가 아닌 머리

구약 성경 신명기 28장 13-14절을 보면 "머리가 되고 꼬리가 되지 않게"라는 말이 나온다. 사자 성어로는 '계구우후'(鷄口牛後)인데 '닭의 머리가 될지언정 소의 꼬리는 되지 마라'는 말과 유사하다.

식이는 학교에 수업료를 내지 못해 '수업료 미납' 파란 인장과 '등교 정지'라는 빨간 인장을 받은 후 '걸으며 생각하기'로 이 문제를 해결하기로 결단했다. 전액을 면제받는 A급 장학생이 목표였다. 그리고 거기에 승산을 걸었다.

식이 눈에 보이는 것은 모두 과목들의 암기 도구가 되었다. 머리부터 발끝까지 다 이용했다. 그렇게 하면 외우기가 수월했다. 일명 신체 결합법이다. 집에서 학교까지 오가는 길목, 도랑, 호수, 정류장, 상점, 골목 등도 암기 도구였다. 일명 장소 기억법이다.

같은 반 친구들 이름도 암기 도구가 되었다.

ㄱ은 1, ㄴ은 2, ㄷ은 3, ㄹ은 4처럼 숫자와 번호를 연결하여 암기 도구가 되게도 했다. 일명 숫자 변환 치환법이다. 예를 들어, 이씨 조선의 건국 연대는 1392년이다. 이성계가 '강당'에서 '지네'에게 물려 죽었다. '강당'은 '13,' '지네'는 '92'이다. 이성계 이

씨 조선 건국 1392년 보다 훨씬 잘 외워지고 오래 기억에 남았다.

식이에게는 절친이 있었다. 초등학교 때 친구 삼섭이다. 삼섭이는 언제나 1등이었다. 여산중학교에서 전주고등학교로 진학했고 서울 법대를 2등으로 입학한 후 1등으로 졸업했다. 아쉽게 사법고시에는 합격하지 못했다. 실력이 없어서가 아니라 부모님의 이력 때문에 번번히 낙방한 것이었다.

삼섭이의 부친은 1950년 8월에 여산 지역 인민위원장으로 활동하다 행방불명이 되어 생사를 모른다. 그래서 삼섭의 이름에는 빨간 줄이 그어 있었다.

식이와 삼섭이는 각별한 사이였다. 식이 엄마가 학교에 오시는 날에는 삼섭이도 만나고 갔다.

아이들은 식이 엄마가 학교에 들어서는 걸 가장 먼저 알아차렸다.

"야, 저기 식이 엄마 오신다."

식이 엄마는 학교를 수시로 드나들었다. 하지만 사람들이 말하는 '치맛바람'은 아니었다.

여산 5일장은 규모가 크다. 점방에 필요한 물건을 사러 여산 장날에 오면 으레 식이 학교에 들렀다.

점방에는 앙꼬빵, 센베이 과자, 요깡, 비스킷 등이 가득가득 했다. 물론, 백화 소주도 팔았다.

식이는 엄마가 잠들면 몰래 일어나 가게로 나갔다. 창호지 바른 창문을 열고 마룻바닥이 삐그덕거리지 않도록 살금살금 걸어

가서 앙꼬빵이 들어 있는 유리문을 열었다.

"쓰으으윽 쓰으으윽."

그러고는 앙꼬가 가득 든 빵을 집어 입속에 욱여넣었다.

"우물 우물 우물 꿀꺽 꿀꺽 꿀꺽."

식이의 온몸이 빵 속으로 빨려 들어가는 것만 같았다. 숨을 쉴 수가 없어서 잘 씹지도 않고 빵을 꿀꺽 삼켜 버렸다.

그런 다음 입을 요리저리 털면서 말끔히 닦아냈다. 흔적을 없앤 후 생쥐처럼 방으로 들어왔다.

"어데 갔다 와아?"

엄마는 식이가 무엇을 하고 왔는지 이미 다 알고 있으면서 시치미를 뗐다.

"오줌 싸고 왔어요."

식이는 천연덕스럽게 거짓말을 했다.

"엄마 밖이 추워요."

식이 입에서는 단 냄새가 풍겼다.

"그래 추워? 엄마가 꼭 안아 줄게."

식이 엄마는 점방에서 들려오던 소리를 다 들었지만 모르는 체할 만큼 지혜로웠다.

그런 다음날에는 점방의 먼지를 털면서 천연덕스럽게 말씀하셨다.

"식이야, 간밤에 생쥐가 한 마리 다녀갔어. 앙꼬빵 한 개가 없어졌네."

"생쥐가 먹었어요? 내가 고놈을 잡을까요?"

"그래? 잡을 수 있으면 잡으렴."

"마침 학교에서 쥐꼬리를 의무적으로 세 개씩 가져 오라고 하던데 잘 됐네요."

"쥐꼬리를 왜?"

"쥐는 새끼를 많이 낳아서 쥐들이 먹어 치우는 식량이 어마어마하대요. 선생님 말씀이 쥐들이 일 년에 먹어 치우는 식량으로 교실을 100개도 더 지을 수 있다고 하시더라고요."

"그래? 그럼 오늘 학교 갔다 와서 엄마와 쥐를 잡자."

그날 이후 식이는 앙꼬빵을 더 이상 먹지 않았다. 엄마에게 거짓말하고 싶지 않았기 때문이다.

식이가 초등학교에 다니던 시절에는 먹고사는 데 바빠 학교를 찾아 오는 학부형이 거의 없었다. 식이 엄마 덕주는 앙꼬가 잔뜩 들어 있는 롤케이크를 사들고 여산 장날이면 학교에 나타났다.

식이 엄마가 학교에 오면 반 친구들이 식이 엄마 주위에 몰려들었다. 그러면 식이 엄마는 아이들에게 건빵과 별사탕을 나누어 주었다. 건빵은 군대에서 나온 것이다.

"얘들아, 우리 식이 어데 있니?"

"식이야! 삼섭이 어데 있어?"

"삼섭아, 잘 있었어? 우리 식이 하고 사이좋게 지내라."

초등학교 3학년 때였다. 국어 책에 나오는 「봄비」라는 동시를 읽고 반대말과 비슷한 말을 찾는 것이 숙제였다.

반 친구들이 학교 앞에 있는 동헌(東軒) 모정에 모였다.

삼섭이가 말했다.

"얘들아, 먼저 함께 시를 읽자."

「봄비」
부슬부슬 내리는 봄비는 봄비는
딱딱한 땅을 보드랍게 해준다
아랫집 아저씨는 소를 몰고 나가신다
어깨에는 볏집으로 엮은 비가림 막을 갑옷처럼 쓰셨다
비를 맞으시며 밭을 가신다
"워이 이랴! 워이 이랴!"
아저씨의 장단에 맞춰 소가 앞으로 간다
소도 힘이 든가 보다
"휙 휙 쉬익 쉬익 휙 휙 쉬익 쉬익!"
소에게서 흰 연기가 나온다
쟁기 뒤로는 새 길이 난다

삼섭이는 반대말과 비슷한 말을 막힘 없이 해냈다. 나이를 더 먹어서 그런가? 그에게는 타고난 영민함이 있었다. 곱셈, 나눗셈도 척척 해냈다.

여산 장에 가면 관상, 사주를 보시는 안경 낀 아저씨가 앞에 포장을 쳐 놓고 손님들을 기다리고 있다.

그 포장에는 한문이 가득 쓰여 있었는데 삼섭이는 그 글자를 다 알고 있었다.

"갑, 을, 병, 정, 무, 기, 경, 신, 임, 계,

자, 축, 인, 묘, 진, 사, 오, 미, 신, 유, 술, 해!"

안경 낀 아저씨가 깜짝 놀라셨다.

"아니, 이 꼬마 녀석이 한문을 척척 읽네! 너희들 몇 학년이냐?"

"여산국민학교 3학년입니다."

"한문 배웠어?"

"아뇨."

"그런데 어떻게 갑자 을축을 알지?"

"우리는 모르고 얘 삼섭이만 알아요!"

삼섭이는 수재였다. 한 번 보면 다 기억했다. 삼섭이는 식이에게 특별한 친구였다. 식이 아버지, 삼섭이 아버지 둘 다 6·25 때 행방불명이 되었다.

'행방불명'은 곧 6·25 때 북한군에 동조했다는 뜻이다. 부역자였던 것이다. 1950년부터 1953년까지 3년간 낙동강을 제외한 전국이 공산화가 되었다. 공산치하에서 저항하던 사람들도 많았으나 그러지 못하고 동조한 사람들도 있었다.

공산화되자 노란 완장을 두른 사람들이 부르주아 없는 지상 낙원인 프롤레타리아 세상을 만든다면서 인민재판을 하기도 했다.

그들은 많은 사람들을 죽였는데 특히 기독교인들을 많이 죽였다. 그들이 보는 기독교인들은 미국 선교사들의 영향을 받아 공산주의를 반대하는 악질 반동 분자들이었다.

식이 아버지 백성민은 전북 완주 지역에서 영향력 있는 지식인이었다. 백성민은 이승만의 공산당 정책을 누구보다도 잘 알고 있던 사람이지만 그가 공산당이 된 것은 친구에 의해 공산당으로 몰려 돌아가신 아버지 원수를 갚기 위해서였다.

전쟁의 희생물들이 거리에 나뒹굴었다. 죽이는 자도 죽는 자도 다 전쟁의 희생양이었다.

9. 대학 사춘기

사람이 살면서 일생 동안 자의건 타의건 "거짓말을 한 번도 해 본 적이 없다"고 하는 것은 진짜 거짓말이다. 인간의 인간됨을 나타내는 '페르소나'(persona)란 말이 바로 '가면을 쓴 인간'이기에 말이다. 결국, 인간은 위선이라는 탈을 쓰고 사회생활을 하는 존재다.

이는 헤겔의 정반합의 원리에서 정과 합은 각기 정과 합이지만 합을 이룰 때는 정적인 합이냐, 아니냐를 도출해 내는 것과 같다. 순수한 합이 없다는 말이다.

1971년 여름에 용선이가 군대에서 휴가를 나왔다. 용선이는 상고를 졸업하고 전북대 공대를 갔다. 당시 전북대 공대는 산업화 바람을 타고 타 대학 의과대학만큼이나 커트라인이 높았다. 그만큼 용선이는 공부를 잘했다.

용선이는 대학에 들어가서 대학 사춘기를 맞았다. '대학 사춘기'란 대학에 적응하지 못하고 주변을 맴도는 것을 말한다.

당시 전북대학은 1학년 과정에 교양학부를 설치하여 운영했다. 용선이는 개강 직후부터 강의에 거의 들어오지 않았다. 집에서는 학교에 간다 하고는 기원에 가서 하루 종일 바둑을 두다가 강의가 끝날 때쯤 학교에 왔다.

"용선아, 너 등록금을 냈는데 최소한 대학 국어, 대학 영어, 문화사, 철학 과목은 수강해야 하지 않니?"

"그런 거 중·고등학교 때 이미 다 배운 건데 대학까지 와서 또 배워야 하냐?"

"아니지! 중·고등학교 때 배운 것은 입시를 위한 것이고, 대학에서 배우는 것은 한 단계 업그레이드된 내용이야. 대학 국어는 최승범 시인이 가르치는 걸."

"나는 교양학부에는 관심 없고 목요일, 금요일 전공 과목은 수강하여 학점을 이수할 거야. 너희들이 돌아가면서 내 출석이나 잘 해결해 줘."

같은 날 강의를 듣는 식이, 율영이, 광복이가 용선이의 교양과목을 돌아가면서 대리 출석하고 있었다.

식이는 용선이와 함께 그의 집에 갔다. 용선이네 집은 서신동 다리를 지나서 있었다.

방에 들어서니 책장에 책들이 가득 쌓여 있었다. 어머니가 전주여고 출신이라고 했다.

용선이는 아래로 동생이 세 명 있었는데 왠지 집안 분위기가 약간 어수선했다.

자세한 내용은 모르겠으나 아버지가 보험 관계로 잘못되어 구속되었다는 말을 들은 적이 있다.

1970년대에는 사람들이 보험에 대해 잘 몰랐다.

식이는 '그 일로 용선이의 마음 상태가 많이 안 좋구나. 그래서 대학 사춘기를 보내고 있구나'라고 생각했다.

사람이 어려움에 직면하면 마음을 추스려 더 분발하고 노력하기도 하지만 용선이는 그것이 반발심과 분노로 표출되는 것 같았다. 그래서 식이는 용선이네 집을 나서며 말했다.

"용선아, 내일은 쉬는 날이니까 우리 집에 가자. 전동에서 30분 정도 버스 타면 돼."

"그래, 좋아. 그렇게 하자."

용선이 집을 방문한 이후 둘이는 급속도로 친해졌다.

다음날 식이는 용선이와 함께 버스를 타고 시골 집으로 왔다. 문정학교에서 내려서 200여 미터쯤 내려가면 오른쪽에 교회가 있다. 다 쓰러져 가는 함석 대문을 들어서면 오른쪽에 이정애 할머니와 따님이 살고 계셨다. 이정애 할머니는 아이들에게 두려움의 대상이다. 그래서 '호랑이 할머니'로 불렸다.

아이들이 교회 안쪽 언덕에 떨어진 감을 주으러 오면 마치 호랑이 포효하는 것처럼 카랑카랑한 목소리로 소리 소리 질러댔다.

"아 이놈들아! 썩 나가지 못해? 저런 못된 놈들 봤나!"

아이들은 호랑이 할머니의 카라카랑한 목소리 앞에서 부들부들 떨었다. 교회 마당 안으로 들어올 때는 살금살금 눈치를 살피며 들어왔다. 그러다 할머니의 목소리가 들리면 잽싸게 줄행랑을 쳤다.

유종철 목사님은 신흥학교 교목이시라 예배 때만 오셨다.

"용선아, 나 집에 갈 때 교회에 잠깐 들러 기도하고 가도 될까?"

"그래, 밖에서 기다릴게."

식이가 교회로 들어섰다. 교회당 문은 두 개다. 첫 번째 문은 여자들이 출입하는 문, 두 번째 문은 남자들이 출입하는 문이다. 남자들이 출입하는 문의 대각선 앞쪽에 종탑이 웅장하게 서 있다. 사각뿔처럼 생긴 지붕은 함석으로 덮여 있고 그 아래에 큰 종이 걸려 있다. 비가 오면 함석지붕에 부딪치는 빗소리가 요란하다. 비의 세기에 따라 "스르륵 스르륵" 소리가 나기도 하고 "다다닥 다다닥" 소리가 나기도 한다. 우박이 내릴 때는 "따다다다 따다다다" 하며 따발총 소리가 났다. 큰 나무 기둥 네 개가 정방형을 이루어 서서 무거운 종을 받치고 있다. 그리고 큰 기둥에는 X자 모양의 작은 기둥들을 3층으로 연결하여 비바람이 불어도 움직이지 않도록 고정해 놓았다. 네 개의 큰 기둥 밑에는 어른도 혼자서는 들기 힘든 납작한 돌로 기초를 해놓았다.

교회 종은 아무나 치는 것이 아니다. 종을 치는 데도 기술이 필요하다. 웅장한 종의 흔들림과 리듬에 맞춰 종을 쳐야 한다. 호흡을 가다듬고 줄을 아래로 위로 당기면 그때마다 "땡그랑 땡그랑" 소리가 난다. 초종은 예배 시작 30분 전에 치는 종을 말한다. 초종이 울리면 교인들은 교회 갈 채비를 하여 오고 믿지 않는 사람들은 종소리를 듣고 오늘이 교회 가는 날이라는 생각을 한다.

초종은 주일에는 오전 10시 반, 수요일에는 저녁 7시 반 그리고 매일 새벽 4시 반에 친다. 재종은 30분 뒤로 각기 11시, 8시, 5시에 친다. 그러면 공식 예배가 시작된다. 문정교회는 전임 교역자가 없을 때가 많아서 새벽기도는 거의 없었다.

1970년대 문정교회는 창고를 개조하여 만든 마룻바닥에 방석 몇 개 놓여 있을 뿐이었다. 식이가 전주로 전학 왔을 때는 가마니를 깔고 예배를 드렸었다. 여름에는 물뱀이 가마니 밑으로 더위를 피해 오기도 했다.

교회의 낡은 유리창은 바람이 불면 덜컹거렸고, 겨울에는 창문으로 찬바람이 들어왔다. 식이는 이곳에서 주일예배를 드리고, 오후에는 주일학교 교사를 했다. 반절은 전도사였다. 교회 주변이나 교회당 청소도 했다.

용선이는 교회 밖 한쪽에서 조심스럽게 담배를 피우고, 식이는 교회로 들어갔다. 용선이는 대학생이 되었다고 담배도 피우고 술도 마셨다.

식이는 무릎을 꿇고 기도했다.

'아버지 하나님, 용선이의 가정 형편이 어렵습니다. 등록금은 냈지만 공부할 의지가 없습니다. 우리가 돕는 것도 한계가 있으니 해결책을 내려주시옵소서. 하나님, 용선이가 금번 학기를 잘 마치도록 도와주소서.'

기도를 마치고 두 사람은 식이네 집으로 왔다.

"야! 너희 집은 터도 넓고 매우 크다. 부잣집 같다."

동쪽에 있는 식이 방으로 갔다. 이 방은 25년 전에 식이 부모님이 신혼 첫날밤을 보내려던 방이다. 식이가 그 방을 쓰고 있었다.

잠시 후 둘은 밖으로 나갔다. 동네 고샅을 지나 냇가로 바람을 쐬러 갔다. 냇가를 가려면 작은 모정을 지나야 한다. 냇가 건너편에서 보니 꼭 어머니의 넓은 품과 같은 모악산이 동네를 감싸고 있었다.

작은집 식구들과 저녁을 먹은 다음 하룻밤 자고 가라고 했더니 집에 가야 한다고 했다.

"할머니, 친구 집이 경제적으로 매우 어려워요. 그러니 쌀 두 말만 주세요. 친구가 집에 갈 때 주고 싶어요."

"친구 집이 그렇게 어렵냐?"

"예! 아버지가 보험을 하시다가 잘못되어 구속이 된 상태라네요. 동생도 여럿 있구요."

"그래. 형편이 어려우면 도와줘야지. 자루에 쌀을 퍼담아라."

"용선아, 이 쌀은 우리 할머니가 주시는 거니까 가져가라."

"식이 할머님, 감사합니다."

식이는 용선이와 쌀 두 말을 번갈아 들며 버스 정류장까지 갔다.

"용선아, 집안 형편이 많이 어렵니?"

"응, 아버지가 보증을 잘못 서는 바람에 형편이 말이 아니야. 대학에 들어가긴 했는데 형편이 그렇다 보니 공부할 생각이 나지 않네. 휴학하고 다음 학기에 공군에 자원 입대하려고."

"그럼 군대 가기 전까지만이라도 강의에 충실하면 안 될까?"

"나도 그렇게 하고는 싶은데 마음대로 되지 않는단다."

버스가 왔다. 식이는 용선이 주머니에 차비를 쑤셔넣었다.

"식이야, 고마워. 할머님께 감사하다고 전해줘."

"알았어. 잘가! 그리고 다음 주부터 바둑 두러 가지 말고 학교에서 보자."

"알았어."

어둠이 내려앉고 있었다. 용선이는 쌀을 갖고 집으로 가고, 식이는 수요 예배에 참석했다.

10. 눈감 땡감 선거

독일어 속담에 "끝이 좋아야 모든 것이 좋다"(Ende gut alles gut.)라는 말이 있다. 당시 박정희 후보가 군대 표를 모으지 않았더라면 한국의 민주주의는 더 많은 발전이 있었을 것이다.

1971년 선거에 기독학생들은 부정 선거를 막기 위해 자원봉사 선거인단을 결성했고 식이도 선거인단에 참여했다. 투표를 하려면 주민등록증이 있어야 하지만 당시에는 이장이 그 사람 신분을 확인해 주면 주민등록증 없이도 투표가 가능했다. 술 한 잔 얻어먹거나 선물 공세하는 것이 공공연했다.

용선이 부대에서는 중대장이 직접 나서서 특정인을 찍으라고 모의 투표까지 실시했다. 용선이는 끝까지 자기 소신껏 찍었다. 그러자 위에서 난리가 났다.

결국, 명령 불복종한 사람이 용선임이 밝혀져 중대장과 개인적으로 면담까지 하게 되었다.

"충성! 이용선 일병, 중대장님의 호출을 받고 왔습니다."

"편하게 앉소."

"예."

"자네 집이 어덴가?"

"전주입니다."

"모의 선거에서 자네가 엉뚱한 사람을 찍었다며?"

"예! 그렇습니다."

"자네가 그렇게 무턱대고 아무나 찍으면 내가 곤란하다네."

"선거는 공정해야 하고 비밀 투표 아닌가요? 선택은 국민의 한 사람으로서 가질 수 있는 최소한의 권리라 생각합니다. 제게 누구를 찍으라고 강요하지 마십시오."

"이 일병! 자네 말이 무슨 뜻인지는 잘 아네만 내 체면을 봐서라고 이번만은 협조해 주게."

"저는 그렇게는 못합니다."

용선이는 끝까지 거부하다가 왕따를 당했고, 군대생활 내내 개고생을 했다고 한다. 고문관 신세였다. 군대에서 '고문관'이라 함은 한마디로 바보 취급당하는 사람이라는 뜻이다.

부정 선거로 장기 집권한 결과는 죽음이었다. 결국, "칼을 쓰는 자는 칼로 망한다"(마 26:52)고 하더니 죽음이라는 비극으로 끝이 났다.

쿠데타로 정권을 찬탈한 정권은 광주에서 수많은 희생자를 내고 그것도 모자라 '사회 정화'라는 명목으로 삼청교육대를 만들어 정적들을 제거했다.

식이 대학 동기인 대상이는 세무 공무원이었다.

당시에는 세무 공무원이 다른 마음 먹고 담당 지역 상가에 가서 신분증을 보여주면 마음에 들거나 신제품을 공짜로 손에 넣을 수 있을 만큼 사회가 부패했다.

그 분위기에 휩쓸리면서 대상이는 한동안 악몽에 시달렸고 견디다 못해 사표를 냈다. 그 후유증으로 인해 병원 치료를 받으며 나중에 교사로 직업을 바꾸었다.

"윗물이 맑아야 아랫물도 맑다"는 말이 옳다.

대한민국이 다시 살려면 상대방을 인정하고 수용해야 한다. 산적한 민생과 국제 정세의 위기를 어떻게 극복하고 나아갈 것인지 논의하는 상생의 정치가 필요하다. 이것이 진정한 자유 민주주의가 아닐까? 훌륭한 정치는 남을 배려한다.

11. 10월 유신과 기독학생

10월 유신은 1972년에 10월 17일 오후 7시에 위헌적 계엄과 국회 해산 및 헌법 정지 등을 골자로 하여 공표된 특별 선언이었다. 당시 식이는 공대 기독학생 회장이었다.

사회적인 문제의식을 갖고 있던 한국기독학생회총연맹(KSCF, Korea Student Christian Federation, 줄여서 기독학생)은 유신헌법에 기초한 독재 정권을 비판했다.

당시 대학의 대부분의 기독학생 단체는 성경 공부 위주로 운영되었다. 대표적으로 4영리를 가지고 캠퍼스 전도에 집중하던 CCC(Campus Crusade for Christ)와 성경 공부를 위주로 하는 대학생 선교회(UBF, University Bible Fellowship), 성경 요절을 외우는 내비게이터(Navitor)가 있었다.

식이가 속한 한국기독학생회총연맹(KSCF)은 사회적인 문제를 다루었다.

CCC 총재인 김준곤 목사님은 대통령과 일대일 면담을 통해 대학생들을 성경으로 무장시키면 데모를 하거나 정부를 비판하는 일은 하지 않을 거라며 정치적인 거래와 흥정을 했다.

목사님은 CCC 대학생 선교회를 이끈다는 명목으로 정동에 땅

300평을 무상으로 받았다. 그리고 대대적으로 모금하여 그곳에 대학생 선교회 센터를 짓게 되었다. 하지만 대학생들의 데모는 끊이지 않았다.

각 대학에 휴교령을 내리고 모든 집회와 강의를 전폐했다. 교문 앞에는 군인들이 상주했고, 정부 요원들과 사복 경찰이 학교를 수시로 드나들면서 감시하는 철저한 독재국가가 되었다.

식이는 독일의 본회퍼(Dietrich Bonhoeffer, 1906~45)라는 젊은 신학자의 글을 읽으며 큰 감명을 받았다. 특히 그가 옥중에서 쓴 시「나는 누구인가?」는 식이의 심금을 울렸다.

　나는 누구인가?
　남들이 종종 내게 말하기를
　감방에서 나오는 나의 모습이
　어찌나 침착하고 명랑하고 확고한지
　마치 성에서 나오는 영주 같다는데

　나는 누구인가?
　남들이 종종 내게 말하기를
　간수들과 대화하는 내 모습이
　어찌나 자유롭고 사근사근하고 밝은지
　마치 내가 명령하는 것 같다는데

나는 누구인가?

남들이 종종 내게 말하기를
불행한 나날을 견디는 내 모습이
어찌나 한결같고 벙글거리고 당당한지
늘 승리하는 사람 같다는데

남들이 말하는 내가 참 나인가?
나 스스로 아는 내가 참 나인가?
새장에 갇힌 새처럼 불안하고 그립고 병약한 나
목졸린 사람처럼 숨을 쉬려고 버둥거리는 나
빛깔과 꽃, 새소리에 주리고
따스한 말과 인정에 목말라하는 나
방자함과 사소한 모욕에도 치를 떠는 나
좋은 일을 학수고대하며 서성거리는 나
멀리 있는 벗의 신변을 무력하게 걱정하는 나
기도에도 생각에도 일에도 지쳐 멍한 나
풀이 죽어 작별을 준비하는 나인데

나는 누구인가?
이것이 나인가?
저것이 나인가?

둘 다인가?

사람들 앞에서 허세를 부리고

자신 앞에선 천박하게 우는 소리 잘하는 겁쟁이인가?

내 속에 남아 있는 것은

이미 거둔 승리 앞에서 꽁무니를 빼는 패잔병 같은가?

나는 누구인가?

으스스한 물음이 나를 조롱합니다.

내가 누구인지 당신은 아시오니

나는 당신의 것입니다.

오, 하나님!

유신헌법이 선포될 때 국민투표가 행해졌다. 한국식 민주주의를 해야 한다는 것이었다. 한국 사람은 한국 옷을 입어야 한다고.

당시 식이는 전주에 있는 여자중학교에서 교생실습 중이었다. 교생실습 4주간 중에 2주는 여학생들이 책장 만드는 것을 도와주고, 2주는 수학을 가르쳤다. 수업할 때는 기타를 들고 들어가서 노래를 불렀다.

'다함께 노래 부르기(Sing along together) 운동'이 일어나 노래 부르기가 전국적으로 퍼지고 있었다. 그때 많이 부르던 노래가 「아름다운 노래」, 「스마일」 등이었다.

걱정을 모두 벗어버리고서 스마일 스마일 스마일

젊은이답게 활짝 웃어요 세상 밝으리

걱정하면 무엇해 즐겁게 노래하자

걱정을 모두 벗어 버리고서 스마일 스마일 스마일 -「스마일」

"하하" 웃으면 심장이 강해지고, "호호" 웃으면 내장이 튼튼해지고, "후후" 웃으면 단전이 안정되어 호흡이 증강되고, "히히" 웃으면 치매가 사라진다는 것이었다.

식이는 수학을 공부하기 전에 기타를 치며 함께 노래 부르기를 했다. 만원 버스를 타고 기타를 가져오는 것이 쉽지 않았으나 기꺼이 그 불편함을 감수했다.

1970년대는 노래 부르기 열풍이 불어서 전국의 거리와 산과 들, 해변가에서 노래 부르는 모습을 흔하게 볼 수 있었다. 길거리를 지나다 보면 음악사에서 레코드 판을 크게 틀어 사람들로 하여금 따라 부르게 만들었다.

전석환 씨의 'Sing along together(다함께 노래 부르기)는 이 노래로 시작되었다.

아름다운 노래 정든 그 노래가

우리 마을에 메아리쳐 오면

어둡던 내 마음 멀리 사라지고

나도 모르게 노래 불러봐요

산골짜기마다 들려오는 소리

언제 들어봐도 정답고 즐거운 노래

아름다운 노래 정든 그 노래가

우리 마을에 메아리쳐 오면

어둡던 내 마음 멀리 사라지고

나도 모르게 노래 불러봐요 -「아름다운 노래」

1970년대는 전국 방방곡곡에서 노래가 흘러나왔다.

그러는 사이에 유신헌법 개정을 위해 투표 일이 하루 앞으로 다가왔다. 수업 중에 비상벨이 울리며 전교생을 운동장에 소집시켰다. 아예 집에 갈 준비를 해서 모이라고 했다.

교장선생님이 연단에 오르셨다.

"전체 차렷! 열중 쉬어! 차렷! 열중 쉬어!"

"여러분, 내일은 유신헌법 찬반 투표가 있는 날입니다. 오늘 이렇게 수업을 중단하고 전교생을 모이게 한 것은 지금 집으로 돌아가서 부모님께 유신헌법에 찬성 표를 찍으라고 말씀드릴 것을 당부하기 위해서입니다. 우리는 남의 옷을 빌려 입지 말고 우리 몸에 맞는 우리 옷을 입어야 합니다. 그래서 유신헌법이 필요합니다. 명심하기 바랍니다. 이상입니다."

학생들은 그 길로 삼삼오오 집으로 돌아갔다.

식이는 함께 교생실습을 나온 동료들과 교장실을 찾았다.

"교장선생님 계십니까?"

"누구요? 교장선생님 면담을 하러 왔습니다."

"교생 선생님들이구먼! 들어오세요!"

"선생님들이 무슨 일인가요?"

식이가 말을 꺼냈다.

"교장선생님 죄송하지만 내일이 투표날이라고 수업을 중단하고 학생들을 집으로 돌려보내 찬성표를 찍으라고 하는 것은 선거법 위반 아닌가요?"

"나도 아네. 그러나 위에서 지시 내려온 거라 어쩔 수 없네."

"그건 독잽니다."

"선생님들 말이 옳네만⋯."

"공감하신다면 다음 번엔 이런 일이 없었으면 좋겠습니다."

그 정도로 어필하고 교장실을 나왔다. 씁쓸했다.

교장실에서 나온 식이에게 대학 본부에서 긴급 연락이 왔다. 학생처장이었다.

"식이 학생회장인가?"

"예, 그렇습니다."

"오늘 수업 끝나고 전주에 오게 되면 중앙동 백다방에서 저녁 6시쯤 만나세."

"무슨 일이신데요?"

"학생에게 좋은 일이야. 만나서 이야기하세."

"알겠습니다."

식이는 백다방으로 갔다. 잔잔한 명상곡이 흘러나오고 있었다.

식이는 이 음악을 좋아했다. 바이올린 연주로 들으면 사랑을 하고 싶은 마음이 들게 하는 음악이다.

"자네가 식이 학생인가?"

"예, 그렇습니다."

"나는 본부 학생처장인데 자네 작은아버지와 동기 동창이라네."

"처장님은 제가 익히 알고 있습니다만 작은아버지와 동기 동창이셨군요."

"그렇다네. 오늘 자네를 만나자고 한 것은 자네의 취업 문제 때문일세."

"저는 취업 의사를 밝힌 적이 없었는데요?"

"학교에서 추천하면 바로 취업을 할 수 있다네."

"…."

"대신 부탁 한 가지만 하세."

"그게 무엇인데요?"

"자네가 기독학생, 아니 우리 대학 대표로 삼선개헌을 지지해 주면 좋겠네."

"어떻게 하면 되는 건가요?"

"주일 오전 9시에 자네 집으로 지프차가 데리러 갈 거네. 그 차를 타고 와서 지역 방송국과 인터뷰를 하면 된다네."

"제가 잘할 수 있을까요?"

"대본을 주니까 그대로 대답만 하면 되네. 어렵지 않아."

식이는 우선 이 자리를 피하는 것이 좋겠다는 생각이 들었다.

"이 자리에서 당장 뭐라 대답드릴 수 없으니 생각해 보고 연락드리겠습니다."

"그렇게 해! 긍정적으로 생각해 보게나."

"예! 안녕히 계세요."

그때가 금요일이었다. 친구들에게 그 말을 했더니 '출세했느니, 출연료 받으면 한턱 내라느니' 하면서 대수롭지 않게 받아들였다.

그러나 기독학생들은 생각이 달랐다.

"허락하면 절대 안돼. 정치적으로 이용당하는 거야. 그런 식으로 살면 넌 참된 기독교인이 아니야!"

"나도 그 정도는 알아. 그런 일에는 아예 근처에도 가면 안 되는 거지."

"식이야! 마음을 단단히 먹어. 그 사람들에게 이용당하지 마라!"

"알았다!"

식이는 집을 나와 상열이 집으로 가서 잤다. 주일날에는 문정교회가 아닌 다른 교회로 가서 예배를 보았다.

당연히 취직 건은 무산되었다. 당시 어느 정도 신학대학원에 갈 마음을 굳히고 있던 터라 구태여 취직을 하고 싶지도 않았다.

12. 사랑의 흔적

사랑은 물과 바람 그리고 불이다. 물과 바람과 불은 자연의 일부분이면서도 자연 그 자체다. 물과 바람과 불이 없으면 인간을 포함한 모든 생물의 삶이 지속 가능할까?

물은 땅에서, 바람은 공기의 흐름에서 그리고 불은 태양에서 나온다.

사랑은 자연을 품고 있는 우주 안에 존재한다. 우주가 주는 생명력이 사랑이다. 인간의 삶에 필요한 사랑이 없으면 생물들의 삶이 존재한다는 것은 불가능할 것이다.

물로 가득 채워진 잔잔한 호수, 남쪽에서 불어와 겨울을 밀어내는 봄바람, 겨울을 준비하기 위해 모든 것을 말리는 서풍 그리고 꽁꽁 언 얼음장을 녹이는 새봄의 온기는 사랑의 시작이다.

성난 노도와 같은 파도는 모든 것을 집어 삼키고 생명을 앗아가기도 한다. 태풍과 회오리바람은 인간의 삶을 파괴해 버리고 흔적도 없이 사라진다.

부주의와 작은 실수로 던져진 불씨 하나가 수많은 이재민을 내고 산천초야를 송두리째 삼켜버리는 화마의 잔인함을 그 무엇으로 표현할 수 있을까?

불은 바람의 힘을 빌려 더 번지고 물로 겨우 달래면서 안정시키는 자연의 원리가 사랑의 질서기도 하다. 사랑이 바람이라면 태풍을 일으키는 바람, 불을 번지게 하는 그 안에도 사랑이 숨겨져 있을까?

증오와 미움이 사랑을 시들게 하는 가뭄이기도 하다. 그곳에 바람이 구름을 몰고와 생명을 살리는 단비를 내려주고 햇빛은 새 생명을 발아시킨다.

봄에 내리쬐는 따뜻한 햇살은 나무와 풀에 있는 물기를 빨아들이는 촉매제다. 여름의 태풍은 바다를 뒤집어 그곳에 생명의 기운을 집어넣는다. 가을 바람은 모든 것을 건조시키고 말려 풍요를 선물해 준다. 겨울의 흰눈은 모든 피조물에 쉼과 안식을 제공한다.

자연에서 언제나 쉬임없이 일하는 물과 바람, 불은 사랑의 전령사다.

시간이 지나면 나무에 나이테가 생기듯 사랑은 자국을 남긴다. 사랑이 스쳐지나간 자국, 사랑이 남겨진 자국 그리고 사랑이 남기는 자국이다.

사랑이 남아 있기에 아직 살아 있고, 사랑이 없으면 숨쉬는 것은 죽어 소멸한다.

숨쉬며 살아 있는 한 우리가 마지막까지 붙잡아야 할 것은 바로 사랑의 끈이다.

어디 그뿐이랴?

사랑은 흐르는 생명체다. 위에서 아래로 흐르는 물처럼, 구름을 몰아내는 바람처럼 그리고 엄청난 에너지를 동력으로 변화시키는 불처럼 사랑은 순환한다.

사랑이 흐르지 않으면 정체되어 시들어 버린다. 시들면 썩어 악취를 풍긴다. 강렬한 활화산처럼 용암을 분출하기도 한다.

그러니 사랑한다고 섣불리 말하지 마라.

예수는 "내가 너희를 사랑한 것처럼 서로 사랑하라"고 말했다. 그래서 그는 사랑할 자들의 희생양이 되어 죽임을 당했다.

이처럼 참된 사랑은 잔인하고도 고귀하다.

거룩한 희생에서 우주가 새 생명으로 가득 찬다. 새 생명은 만물의 근원이다. 죽어야 다시 산다. 살아야 사랑할 수 있다. 그래서 사랑은 죽음과 부활로 내 주위를 감싸며 살아 숨쉬고 있다.

우주라는 광활한 사랑의 울타리 안에서 들숨과 날숨처럼 사랑하고 사랑을 받고 있다. 오늘도 사랑을 받고, 받은 그 사랑을 나누는 자국을 남기려고 숨을 쉰다. 자연 속에서 사랑의 호흡을 나누며 ….

대학교 3학년 때다. 식이는 이리(지금은 익산) 신광교회에서 제공한 익산노회 소속 방 한 칸을 제공받아 고종 사촌 동생 윤우와 자취를 하고 있었다. 윤우는 신광교회에 다녔는데 영특하고 성품도 좋고 착한 아이였다. 그래서 여산에서 이리로 유학을 오게 되었다. 식이와 윤우가 둘이서 연탄을 갈며 밥을 해먹는 것은 쉽지 않았다. 고모님이 윤우를 통해 한번씩 김치와 음식들은 보내주셨다. 음식이 떨어지면 마가린과 간장에 밥을 비벼 먹었다.

이리 신광교회가 제공한 숙소로 이사하게 된 것은 갑자기 진행된 일이었다.

자취방이 남중동에 있었는데 옆방에 낭산에서 유학온 아이들이 공부는 하지 않고 주말마다 공장에 다니는 여자애들을 데려다가 화투 놀이나 하고 못된 짓을 골라 한다는 소리가 들렸다. 몇 번 주의를 주었는데도 그런 일이 반복되어 1학기 시험을 망쳐 버렸다. 결국, 신광교회 안경운 목사님께 부탁드려 군산노회 기숙사로 옮기게 되었다. 1971년 가을 학기가 막 시작되던 때였다.

학교에서 돌아오니 엄마가 수돗가에서 밀린 빨래를 하고 계셨다. 오랜만에 자취방을 찾아오신 것이었다.

"어머니 오셨어요?"

"응, 그래 잘들 있었니?"

"여산 고모님댁은 모두 평안하신가요?"

"잘 계시는데 너희들이 갑자기 이사한 것을 염려하시더라."

"어지간하면 그냥 살려 했으나 도무지 옆방 아이들과 같이 생활할 수가 없어서 도망하다시피 이곳으로 이사했어요. 지난 학기 시험도 망쳐버렸는 걸요."

"마음고생이 심했겠구나! 밥과 두부 된장찌개를 해놓았으니 윤우와 함께 먹어라. 나는 빨래를 마저 해야겠다."

윤우가 학교에서 돌아왔다.

"외숙모 오셨어요?"

"윤우 왔니? 공부 열심히 하지? 식이 형하고 같이 밥먹어라."

"예, 알았어요."

오랜만에 엄마가 해주신 밥을 먹게 되니 기분이 좋았다.

"윤우야 식사 기도하자!"

"알았어."

"하나님 아버지 감사드립니다. 건강으로 우리를 지켜 주시옵고, 공부도 잘하게 도와 주십시오. 예수님의 이름으로 기도 드립니다."

"아멘."

"아멘."

윤우는 식사 후 친구들과 축구를 한다고 신광교회 옆마당으로 나갔고, 식이는 방에서 밀린 전공 공부를 하고 있었다.

얼마 후 윤우가 밀창문을 두드리며 다급하게 불렀다.

"형! 형! 외숙모가 쓰러지셨어!!!"

"그래? 어디서?"

"수돗가! 빨리 나와 봐!"

식이가 방문 앞 건너편 마당에 있는 수돗가로 달려갔을 때 엄마는 이미 의식불명 상태였다.

"어머니! 어머니! 정신 차리세요!"

아무런 반응이 없었다.

"윤우야! 아무래도 교회 박신배 장로님 병원으로 가야 할 것 같다. 내가 업게 도와줘!"

"알았어!"

식이는 윤우의 도움으로 엄마를 등에 업었다. 의식이 전혀 없는 엄마의 몸은 축 늘어져 천근만근이었다. 다행히 택시를 잡을 수 있었다.

"아저씨! 빨리 박신배 내과로 가주세요."

택시로 박신배 내과까지는 2~3분 걸렸다. 식이는 주머니에 있는 돈을 탈탈 털어 택시비를 냈고, 엄마를 병원에 입원시켰다.

입원 후 안경운 목사님과 허 전도사님이 심방을 오시고 기도도 해주셔서 차도가 있었다.

박신배 원장님이 면담을 요청하셨다.

"백 군! 우리가 할 수 있는 일은 여기까지네. 서울 큰 병원에 가서 수술을 해도 가망이 별로 없다네. 그리고 돈도 너무 많이 들고. 그저 기도하는 수밖에…. 이제 그만 고향 집으로 어머님을 옮기게나."

"예! 박 장로님 감사드립니다."

안 목사님의 배려로 치료비는 해결되었다. 엄마를 전주로 모셔왔다. 다행히 여름 방학이라서 식이가 간호를 할 수 있었다. 앞집에 사는 형택이 형이 식이 말동무가 되어 주었다. 엄마가 신혼을 치르려다 구렁이 사건으로 인해 뜬눈으로 밤을 지새웠던 그 동아실방, 식이가 밤샘 공부를 하며 대학에 들어간 역사 깊은 그 방에 20여 년 만에 식이 엄마 덕주가 환자가 되어 돌아와 누워 있다.

당시는 한국의 의료기술이 미약해서 뇌수술은 상상하기 어려울 때였다. 응급 상황에 대처하는 119나 다른 교통체계도 미비했다. 예수병원이 전주에 있었으나 그곳에 갈 엄두도 못냈다. 식이 엄마는 그저 하나님의 도움을 간절하게 구할 수밖에 다른 도리가 없었다.

식이 엄마는 어느 순간부터 이상한 행동을 하기 시작했다. 아무 말에나 그 끝에 그저 웃었고, 매사에 웃음이 헤퍼졌다.

"식이야! 그 일이 그렇게 쉽게 해결되었어? 호호호호."

"어머님! 제가 이렇게 누워 있어서 죄송해요. 호호호."

"우리 이쁜 인숙아! 큰엄마하고 서울에 또 갈까? 호호호."

식이 엄마는 하루 대부분의 시간을 누워서 지냈다. 할머니나 작은어머니가 죽을 쑤어다 드리면 그때도 힘없이 웃었다.

"얘야! 이 죽을 먹고 힘 좀 내보거라."

"어머님 죄송합니다. 죽을 다 쑤어 오셨네요. 호호호호."

"동생이 죽을 쑤어 왔어? 감사하네. 호호호호."

과다 출혈로 정신이 흐릿하고 혼미한 듯했고, 마치 웃음병에 걸린 것 같았다. 다른 방도나 도리가 없었다.

하루하루 좀 차도가 있었다. 웃는 것도 많이 줄어들던 어느 날, 여산 집과 두여리교회에 다녀와야겠다고 하셨다.

주위 사람들의 말에 의하면 여산에 가서는 장사할 때 거래하던 사람들을 일일이 찾아가서 감사 인사를 드렸다고 한다. 여산 상회부터 들렀던 것 같다.

"안녕하세요?"

"어서 오세요! 그렇지 않아도 지난 여름부터 수개월째 오시지 않아서 궁금했는데 반가워요. 무슨 일이라도 있으셨어요?"

"제가 지난 여름 이리 공대에 다니는 식이와 조카한테 갔다가 무리를 한 탓인지 갑자기 쓰러져서 병원에 입원해 있다가 이제야 차도가 있어서 인사차 오게 되었어요."

"식이가 벌써 대학생이라고요? 조금만 더 고생하시면 되겠네요. 그나저나 이젠 식이 엄마 건강도 잘 챙기세요."

"그동안 좋은 물건을 제공해 주셔서 제가 행상 일을 잘할 수 있었어요. 감사드려요."

"아닙니다. 제가 식이 어머님께 감사를 드려야지요."

"안녕히 계세요."

"안녕히 가세요."

두여리교회에 가서는 유덕종 장로님 가족에게 감사 인사를 드린 다음 교회당 안에 들어가서 강단을 어루만져 보았다.

"유덕종 장로님, 권사님 안녕하세요?"

"아니! 전덕주 집사님 아니세요? 지난 여름부터 갑자기 교회에 오시지 않아서 무슨 일이 있으신지 궁금했는데 어찌 된 일이에요?"

"여름에 이리 공대 다니는 식이를 방문하여 밀린 빨래도 해주고 청소를 하다가 그만 쓰러져서 병원 신세를 졌어요. 다행히 이리 신광교회 장로님이 치료를 잘해 주셔서 이렇게 회복되었지요."

"천만 다행입니다. 조금만 더 고생하면 식이가 대학을 졸업하고 좋은 데 취직해서 덕주 집사님을 잘 모실 테니 건강 잘 챙기세요."

"감사합니다. 저는 식이가 결혼하여 자립하면 전도 부인으로서 일생을 보내고 싶어요."

"그럼요! 덕주 집사님은 그 일을 충분히 잘 해내실 겁니다."

"감사합니다. 온 김에 교회당에 들어가 기도를 하고 싶네요."

"그러시지요. 교회당 문은 언제나 열려 있어요."

덕주 집사는 혼자 교회당으로 들어간 다음 앞으로 나아가 소중한 강단을 어루만졌다.

"하나님 감사합니다. 곤경에 처할 때마다 이 강단을 통해 주시는 말씀이 저를 다시 일어서게 했습니다. 제게 주신 두 남매, 숙이는 취직해서 잘 지내고 있고, 식이도 대학을 다니고 있으니 저에게 맡겨주신 책임을 다 한 것 같습니다. 감사드립니다. 감사드립니다."

덕주 집사는 회한의 눈물을 흘리며 하나님 아버지께 간절히 간절히 기도를 드렸다. 보따리 장사를 하면서 부르던 찬송도 부르고 또 불렀다.

나의 갈 길 다 가도록 예수 인도하시니
네 주 안에 있는 긍휼 어찌 의심하리요
믿음으로 사는 자는 하늘 위로받겠네

무슨 일을 만나든지 만사 형통하리라
무슨 일을 만나든지 만사 형통하리라

기쁨과 감사의 눈물이 하염없이 흘러내렸다. 덕주 집사는 당장 죽어도 여한이 없었다.
이것이 식이 엄마가 세상 사람들과 한 작별 인사였다. 식이는 혼잣말로 되뇌었다.
'어머니는 자신의 죽음을 예견했던 걸까? 마지막 가는 길을 다 정리하고 소천한다면 설령 40대 초반의 나이에 세상을 떠나서도 행복한 죽음을 맞이하는 것이 아닐까?'

식이는 학교 때문에 다시 이리로 돌아왔다. 3학년 2학기가 끝나가는 11월 중순이었다. 기독학생 회장에다가 기계과 회장이라서 무척 바빴다.
그날도 학교에 막 가려는데 경인이가 허겁지겁 방문을 두드렸다.
"식이야! 나 경인이야."
"나 지금 학교에 가려고 하는데 무슨 일이야?"
"놀라지 마라!"
"그래 말해 봐."
식이는 말은 그렇게 했어도 뭔가 불안했다.
'혹시나 엄마에게 무슨 일이?'
아니나 다를까.

"기차에서 배정미라는 군산교대 여학생을 만났는데 너의 어머니가 돌아가셨다는 말을 전해달라고 했어!"

식이는 어안이 벙벙했다. 할말이 없었다.

'결국 어머니가 돌아가셨구나!'

곧바로 안경운 목사님을 찾아갔다. 안 목사님댁은 교회 뒷편에 있었다.

"안경운 목사님! 계세요?"

사모님이 복도로 나오셨다.

"아 백 선생 무슨 일이에요?"

"예, 다름이 아니라 저의 모친이 돌아가셨다 합니다."

"여보! 나와 보세요! 백 선생 어머님이 소천하셨다네요!"

"아니 저런! 아직 젊으신데 금년에 몇 세나 되셨지?"

"45세 되셨어요."

"너무 빨리 소천하셨네."

"주소를 알려주소. 내가 오늘 저녁에 전도사님과 함께 찾아뵈려 하네."

식이는 '전주시 평화동 3가 중평리 484번지'라고 주소를 적어 드렸다.

"그럼 가보겠습니다."

"백 선생! 서둘러 가소."

"예!"

이상했다. 눈물이 나오지 않았다. 기가 막혀서일까? 그저 멍

했다.

안 목사님을 뵙고 내려오는데 작은아버지기 신광교회 쪽으로 올라오고 계셨다.

식이를 보자마자 와락 부둥켜 안으며 목놓아 엉엉 우셨다.

"작은아버지 울지 마세오! 함께 전주 집으로 가세요."

식이는 작은아버지와 전주 가는 버스에 올랐다. 오전이라서 버스는 한산했다. 식이는 맨 뒷좌석에 혼자 앉았다.

엄마를 생각하니 눈물이 흘러내리기 시작했다.

'백씨 집안에 시집 오셔서 아들딸 남매를 낳고 6·25를 만나 일생동안 죽을 고생만 하셨던 우리 엄마가 돌아가시다니!'

식이는 집에 오는 내내 울었다. 달리는 차창 밖의 나무와 풀들도 오늘따라 식이의 마음을 아는 듯 울고 있었다.

"맞아. 너의 엄마는 고생을 낙으로 여기며 사셨어. 우리도 그것이 슬퍼."

식이의 눈에서는 여름 장맛비가 내렸다.

집에 당도했더니 동네 사람들이 몇 분 와 계셨다. 팽산이 아저씨가 식이를 보자마자 우셨다.

"아이고! 아이고! 식이야. 네 엄마가 돌아가시다니! 그 아주머니 고생을 너무 많이 하셨어! 아버지, 어머니 모두 모두 훌륭하신 분이셨는데 시대를 잘못 만났지. 이를 어쩐다냐? 아이고! 아이고!"

"아저씨! 저도 갑자기 당한 일이라서 어리둥절해요."

"그래 그래. 우리가 어머님을 양지 바른 곳에 잘 모시자."

문앞에는 근조(謹弔)등이 걸려 있었고, 멍석을 깐 위로 차양이 쳐 있었다. 동네 아주머니들은 음식 준비로 분주하게 오갔다.

친척들이 안쓰러운 표정으로 식이 옆으로 모여들었다.

"아이고 어쩐다냐? 너희 남매를 두고 떠나다니!"

"식이야! 마음 단단히 먹어라!"

"너의 엄마는 서울 외삼촌이 경찰서에 잡혀가서 그 문제를 해결하려고 친척되는 전주 경찰서장 집에 찾아갔다가 충격으로 쓰러지셨어! 이 모진 놈들이 네 엄마까지 이렇게 만들었네."

"…."

식이는 할말이 없었다. 말없이 엄마의 시신이 놓여 있는 큰방으로 들어갔다. 11월이라서 날씨는 서늘했다.

엄마는 얼굴만 빼고 삼베로 꽁꽁 묶여 있었다. 코, 입을 다 막아놓았다. 식이는 엄마 얼굴에 자기 얼굴을 댔다. 얼음장보다 더 차가웠다.

"엄마 나 왔어! 내 말 들려?"

갑자기 '내가 교대를 갔었더라면 벌써 학교 선생님이 되어 엄마에게 월급 봉투를 갖다 드렸을 텐데 왜 일반 대학을 가서 엄마를 더 고생시키고 이렇게 돌아가시게 했나?' 하는 후회가 밀려왔다.

"엄마! 죄송해요. 죄송해요. 죄송해요. 엄마가 먼저 천국에 가셨으니 나중에 나중에 엄마 가신 곳으로 뒤따라 갈게요. 편히 쉬세요!"

갑자기 무서운 생각이 들었다. 그래서 서둘러 문을 박차고 사람들이 있는 곳으로 나왔다.

증조 할머니께 여쭈어 보았다.

"할머니! 왜 갑자기 무서운 생각이 들지요?"

"그게 죽은 자가 산 자에게 정을 떼는 것이란다. 그렇지 않으면 일이 생겨."

증조 할머님 말씀대로라면 '일'이라는 것은 '산 자가 죽은 자가 된다'는 말일 것이다.

하나 밖에 없는 누님이 서울에서 당도했다.

허겁지겁 들어오면서 큰소리로 엄마를 찾았다.

"우리 엄마 어디 있어?"

방문을 활짝 열어젖히면서 들어가더니 엄마의 시신을 붙잡고 대성통곡하기 시작했다.

"엄마아! 엄마아! 나 왔어! 불쌍한 우리 엄마아! 눈 좀 떠봐! 아이고! 아이고! 엄마아! 하나님도 무심하시지! 왜 하필 불쌍한 우리 엄마를 데려가세요?"

숙이 누님은 꺼이꺼이 울었다.

친척들이 누님 울음소리를 듣고 다함께 울기 시작했다.

"아이고 아이고 아이고 아이고."

식이도 덩달아 울었다.

"흐윽 흐윽 흐윽 흐윽."

숙이 누님은 방안을 데굴데굴 구르며 울었다.

"하나님! 하나님도 무심하시지! 왜 하필이면 불쌍한 우리 엄마를 데려가셨어요? 하나님이 계신다면 우리 엄마 다시 살려놓으세요!"

문정교회 교인들이 조문을 왔지만 숙이 누님의 울부짖음은 계속되었다.

'누님 말처럼 하나님도 정말 무심하시다. 일 년만 더 사셨어도 내가 돈을 벌어다 드렸을 텐데.'

작은아버지가 방으로 들어오셨다.

"이제 그만들 울고 밖으로 나오너라. 이리 신광교회 안경운 목사님 오셨다."

"목사님 빨리 오셨네요."

목사님은 식이 손을 꽉 잡으시면서 위로하셨다.

"천국에서 만날 것을 기약하세. 잠시 내가 예의를 표해야겠네."

그러더니 엄마 시신이 안치되어 있는 큰방을 향해 큰절을 하고는 교회 일정이 있다며 그대로 돌아가셨다. 당시에는 그것이 식이 엄마에 대한 최대의 예라고 이해했지만 여전히 그 행동이 풀리지 않는 수수께끼로 남아 있다.

식이 마음속에는 엄마 살아생전에 효도하지 못한 쓰라린 흔적이 여전히 남아 있다.

여산초등학교 70년지기 희에게 문자를 보냈다.

"나는 아내에게서 엄마를 보고 있어. 똑똑하고 바른 소리 하고 지금까지 고생만 하고 있는 내 아내 먼저 갈까 봐 노심초사다."

희가 답장을 보내왔다.

"내가 볼 때 식이 네 아내는 젊은 나이에 소천하신 니네 엄마 역할을 제대로 잘하고 있는 것 같아. 그것이 행복이지."

"맞아! 나는 아내에게서 엄마의 체취를 날마다 느끼고 있어. 스쳐간 사랑이 되살아나는 기분이야."

식이는 그저 행복하다. 사랑의 끈을 꼬옥 잡고 있으니 말이다.

13. 회장 선거와 쌍쌍 파티

식이는 남모르는 마음고생을 아주 많이 했다.

원래 식이는 의과대학에 가려고 했었으나 가정 형편이 어려웠다. 하지만 지방 의과대학은 성에 차지 않았다. 그래서 들어간 곳이 J대 공과대학 기계과였다. 1970년대에는 석유화학 바람이 불어서 서울대학교 화공과가 가장 경쟁률이 셌다. 그 말을 서울대 종교학과 신사훈 교수님의 부흥집회에서 귀동냥으로 들은 후에는 지방대 화공과에 지원하려고도 했었다. 하지만 그곳에서 마주친 한 선배의 조언을 듣고 원서 접수 당일에 화공과에서 기계과로 전공을 바꾸어 지원했다.

한국에서는 산업화와 경제 부흥의 바람을 타고 공과대학의 인기가 수직 상승하고 있었다. 원서 접수 날, 공과대학 창구는 지원자들로 발디딜 틈이 없었다. 식이도 사람들 틈에 끼어 지원서를 내려고 서 있었는데 지원자 안내 도우미를 하고 있던 진수 형이 알은체를 하며 어깨를 두드렸다.

"식이 아니냐? 그런데 너 여기 왜 있어?"

"형, 안녕하세요? 왜 있긴요. 지원서 내러 왔지요."

"그래? 무슨 과?"

"화학공학과요."

"화공과? 야! 잔말 말고 바꿔! 공대하면 기계과지. 얼른 화공과 지워버리고 기계과로 바꿔!".

그렇게 해서 기계과로 가게 되었다.

우리가 틈만 나면 자랑스럽게 단체로 목이 떠나가도록 부르는 노래가 있었다.

이 세상에 ○○과 없으면 무슨 재미로
해가 떠도 ○○과! 달이 떠도 ○○과! ○○과가 최고야
아냐! 아냐! 기계과가 더 최고야

○○과 학생들은 뒤질세라 그 노래를 가로채서 캠퍼스가 떠나가도록 불러댔다.

"그랴 그랴. ○○과가 제일이야."

이런 종류의 노래는 대학생들의 축제 기간이나 과 모임의 술 파티에서는 더 경쟁적으로 울려퍼졌다.

예상을 뒤엎고 식이가 과의 전체 회장이 되었다. 당시 회장 선거는 전주의 모 명문고와 익산의 모 명문고 출신의 대결이었다. 식이는 그 어디에도 속하지 않았다. 그럼에도 불구하고 식이는 과감하게 출사표를 던져 압도적인 표를 받고 당선되었다.

이유는 평소 식이의 긍정적인 태도, 즉 자신감 때문이었다. 더구나 공대 기독학생회장이라는 인지도도 무시할 수 없었다.

1970년대 대학생활의 필수였던 술과 담배를 하지 않음에도 당선이 당연시되었던 명문고 출신 후보자들을 제치고 학회장이 되었다.

식이는 친구들로부터 한동안 '껌주사'라는 말을 들었다. 술, 담배 대신 껌을 애용했기 때문이다.

식이는 전주에서 학교에 도착할 때까지 통학버스 속에서 1시간여를 쪽복음으로 나온 '잠언'을 주머니에 넣고 다니며 수없이 많이 읽었다. '잠언'은 하나님을 믿는 사람이 세상을 바르게 살아가는 지혜를 가르치고 훈계하는 책이다.

상대 후보였던 정우는 명문고 출신으로 큰 키에 날씬하고 인상도 좋았다. 그에 비해 식이는 키도 작고 볼품이 없었다. 그러나 정우는 뚜렷한 공약이 없었고 식이는 뚜렷한 공약을 제시했다. 그러니 몰표가 나오는 것이 당연했다. 식이는 부회장으로 샛님같이 얌전한 영이를 내세웠다.

회장이 된 후 식이는 과 전체 학생들을 옥상에 모아 놓고 학과장님을 초대하여 학년별 학과목에 관한 커리큘럼 공청회를 실시했다. 학생들은 평소에 생각하고 있던 교수법과 실습 기자재에 관한 건의 사항을 쏟아냈다. 학과장님을 따라온 조교가 일일이 다 받아 적었다.

"학과장님, 이론보다 실습 위주의 강의를 해주세요."

"선반이나 용접기 등 실습 도구가 노후되어 가동되지 않는 것들이 많습니다. 빠른 시일 내에 교체해 주세요."

"그렇게 하지. 제군들의 요구 사항을 조속히 처리해 주겠네."

그날 이후 면학 분위기가 훨씬 좋아졌다.

공대 체육대회가 열리게 되었다. 식이는 과의 기를 만들고 싶어서 무턱대고 문정교회 청년회 여자 회원으로 양장점에 다니던 옥희를 찾아갔다.

"옥희 선생! 기계과를 상징하는 깃발이 필요하니 하나 만들어 줘. 천은 붉은 융단으로 하고 무늬는 중앙에 커다란 나사가 맞물려 돌아가는 것이면 좋을 것 같아. 크기는 가로 세로 2×3미터 정도. 가능할까?"

"친구와 상의해서 한 번 만들어 볼게요."

식이가 부탁한 과의 깃발은 문정교회 청년들의 밤샘 작업으로 일주일 후에 완성되었다. 근무 후에 짬을 내어 만드는 것은 쉽지 않다. 붉은 융단에 검은색과 흰색의 크고 작은 두 개의 톱니바퀴가 돌아가는 깃발은 마음을 뜨겁게 했다.

체육대회 당일, 개회식에서 긴 장대에 걸려 당당하게 등장한 기계과의 깃발은 다른 과 학생들을 압도하고 말았다. 전기과, 건축과, 금속과, 토목과 섬유과, 화공과, 자원과 학생들 모두 넋이 나가서 바라보았다. 깃발이 지나칠 때마다 선후배들은 함성과 학과 응원가를 질러댔다.

"와아~ 와아~."

"이 세상에 전기과 없으면 무슨 재미로 해가 떠도 전기과! 달이 떠도 전기과! 전기과가 최고야. 아냐! 아냐! 기계과가 더 최고야!"

그러자 여기저기서 자기 과가 최고라는 소리가 한꺼번에 들려왔다.

"아냐! 아냐! 전기과가 더 최고야. 그래 그래 전기과가 최고야!"

"아냐! 아냐! 건축과가 더 최고야. 그래 그래 건축과가 최고야!"

"아냐! 아냐! 화공과가 더 최고야. 그래 그래 화공과가 최고야!"

"…."

대학생활에 낭만이 흘러넘쳤다.

식이는 졸업반이 되었다. 졸업을 앞두고 남녀 대학생들이 쌍쌍 파티를 하는 것이 유행이었다.

ROTC 후보생인 상문이가 쌍쌍 파티에 관심을 보였다. 상문이는 스포츠도 좋아하고 성격이 원만하여 공대 학생회 총무일을 하고 있었다. 회장은 대외적으로 총학생회의 일을 돕고, 총무는 공대의 모든 행사나 학생회 일은 총무가 다 한다.

"식이야, 우리 곧 졸업인데 다른 대학과 쌍쌍 파티하는 것은 어떨까?"

"좋은 생각이다. 개정간호대와 하면 어떨까?"

식이는 개정간호대학에 관련된 추억을 갖고 있다. 지난 여름에 그 대학 병원에서 이모님이 돌아가셨다.

개정간호대학은 한국의 슈바이처로 칭송받는 '쌍천 이영춘 박사'가 어려운 사람들을 돕고 농촌 선교를 위해 설립한 학교로 개정교회가 지원하는 기독교 간호대학이었다. 이영춘 박사님은 33세 되던 1935년, 군산시 개정동에 있는 구마모토 농장 부속 자혜

진료소 소장으로 초빙되어 사망할 때까지 군산 지역 농촌 보건 사업에 헌신하셨다.

식이는 오전 강의를 마치고 상문이, 금성이와 함께 개정간호대학 기숙사를 방문했다. 그때는 축제 기간이라서 학생들이 기숙사에 있었다.

"계십니까?"

"어떻게 오셨지요? 여학생 기숙사는 금남구역인데요."

"우리는 전북대 공대 기계과 학생들인데 졸업반끼리 쌍쌍 파티를 하고 싶어서 왔어요."

"그런 일은 과 회장과 상의해 보세요."

식이 일행은 응접실로 안내를 받았다.

"안녕하세요? 우리는 전북대 공대 기계과 학생들로 졸업반끼리 쌍쌍 파티를 하고 싶어서 왔어요."

"아! 그래요? 좋은데요. 우선 학과장님 허락을 받아야 해요."

"그럼 단김에 학과장님을 만나러 갑시다."

기숙사에서 5분 정도 걸어가니 학과장님실이 나왔다.

"학과장님, 전북 공대 기계과 학생들이 졸업 쌍쌍 파티를 하자고 하는데 허락해 주세요."

젊은 학과장님은 약간 머뭇거리다가 말씀하셨다.

"몇 명이나 참여할 것 같습니까?"

"30명 정도입니다."

"우리 학교는 그쪽보다 학생들이 많은데요."

"그거야 허락만 해주시면 저희가 방법을 찾아보겠습니다."

회장인 김선숙이 나섰다.

"허락해 주세요, 학과장님!"

"그럼 쌍쌍 파티 후에 기숙사에 제시간에 들어오는 조건으로 허락하겠네."

식이는 쌍쌍 파티 티켓 30장을 만들어 개정간호대학으로 보냈다. 남학생들의 이름, 나이, 형제 관계, 취미 및 전주에서 만날 장소를 적어서 보냈다.

그리고 강의 후에 상문이와 금성이의 지도로 「나의 살던 고향은」 등 몇 곡을 선정하여 포크댄스 연습을 했다. 상문이와 금성이는 전문가 수준이었다.

개인적으로 만날 장소와 시간을 알려주었다. 일단, 전주역, 버스터미널, 덕진공원, 풍년 빵집 등에서 오후 3시에 만나서 자유롭게 시간을 보내다가 오후 6시에 경원동 가톨릭 회관에 모이는 것으로 했다.

각자 상대와 만나서 다방에 간다든지 전주 천변을 걷는다든지 시간을 자기 방식대로 보낸 후 오후 6시에 가톨릭 회관에 다함께 모여 포크 댄스를 했다. 그리고 게임도 하고 노래도 불렀다. 당시 유행하던 노래 중 하나는 라나에로스포의 「사랑해 당신을」이었다.

사랑해 당신을 정말로 사랑해
당신이 내 곁을 떠나간 뒤에

얼마나 눈물을 흘렸는지 모른다오

예예예 예예예

예예예 예예예

예예예 예예예

예예예 예예예

예예예 예예예

예예예 예예예예

사랑해 당신을 정말로 사랑해

멀리 떠나버린 못 잊을 님이여

당신이 내 곁을 떠나간 뒤에

밤마다 그리는 보고 싶은 내 사랑아

예예예 예예예

예예예 예예예

예예예 예예예

예예예 예예예

예예예 예예예

예예예 예예예예

사랑해 당신을 정말로 사랑해

사랑해 당신을 정말로 사랑해

1970년대 대학생들이 누릴 수 있는 낭만의 밤이었다. 모두들

정한 시간에 무사히 돌아갔다. 공대에서 아니, 전북대에서 쌍쌍 파티를 한 유일한 과였다. 아름다운 추억으로 마음 한 켠에 남아 있다.

14. 교회 쥐

서양 속담에 "교회 쥐가 가장 배고픈 쥐"라는 말이 있다.

유럽의 교회에는 먹을 것이 부족하다. 그래서 1년에 한두 번 성찬식이 있을 때마다 목사님이나 신부님이 성찬식에서 남은 빵조각을 성찬 상 위에 올려놓으면 그 빵을 훔쳐 먹을 수 있을 뿐이다. 그래서 교회의 쥐는 늘 배가 고프다.

성찬식에 사용하는 빵조각을 먹고 포도주를 마시면 누구나 천국에 간다고 믿었던 때가 있었다. 교회에서 쥐가 빵과 포도주를 먹고 마셨다면 '예수님의 거룩하신 살과 피'를 쥐가 마셨기에 그 쥐도 천국 가는 자격을 자동으로 얻게 된다는 말이다.

다행인 것은 성찬식의 빵과 포도주를 먹고 마신 쥐가 그리 많지는 않을 것이다. 1년에 한두 번만 기회가 있었기 때문이다.

만일 천국까지 쥐가 득실거린다면 천국은 난장판이 될 것이다.

논, 밭, 산과 들, 음식점, 빵집, 농가의 헛간과 창고, 가정집에 이르기까지 틈만 있으면 쥐가 드나든다. 그곳에 들어가기만 하면 배부르게 먹을 수 있다. 낮에 늘어지게 실컷 낮잠을 자고, 밤에 먹을 것을 찾아 나서면 된다.

식이는 교회의 쥐가 되었다. 그런 식이가 벌써 신학교 졸업반이 되었다. 졸업반이 되었으므로 주일날 새벽 제단을 지키고 싶었다.

지금까지는 매주 토요일마다 성경 공부 때문에 왔다 갔다 했다. 교회에서는 등록금만 지원해 주고, 나머지는 자비량으로 해결해야 한다. 차비도 없을 때가 많았는데 다행스럽게도 요즘은 버스 차비를 내지 않고 다닌다.

대학생들과 교회 옆에 위치한 제일여객 안내양들을 상대로 전도 집회를 한 후에 식이의 얼굴을 아는 안내양들이 식이에게 차비를 받지 않았기 때문이다.

버스 안내양들은 대부분 전라도, 충청도, 경상도 등의 시골에서 돈 벌러 온 아가씨들이었다. 초등학교를 갓 졸업한 어린 소녀도 있었다. 이런 아이들은 나이를 부풀려 속여서 취직을 했다. 열셋, 열네 살짜리가 버스 안내양으로 취직하려고 열여덟 살이 되었다. 거짓말을 해서라도 돈을 벌어야 했다.

회사에서 이 사실을 모를 리가 없었다. 몇 푼 받고 눈을 감아준 탓에 이 일이 가능했다. 젊은 사람들이 돈을 벌기 위해 도시로 도시로 몰려들었다. 당시 공장에서 일하는 사람을 공돌이, 공순이라 불렀고, 차장을 차순이, 식모살이를 식순이라고 불렀다.

말자는 식순이에서 차순이로 갈아타기를 한 경우다.

"이름이 뭐지?"

"김말자유."

"고향은?"

"충청도 청양이예유."

"청양 어디?"

"정산이유."

"그런데 어떻게 여기 오게 됐어?"

"불광동 이모 친구 집에서 식모살이 하다가 도둑년으로 몰려 쫓겨났어요. 정말 억울해 유우."

말자는 아예 주저앉아 목을 놓아 울었다.

"울음을 그치고 우리 회사는 어떻게 알았어?"

"날강도 같은 그 집구석에서 쫓겨나 막막해 하고 있는데 버스 정류장에서 안내양 모집광고를 봤어요."

"몇살이냐?"

"작년에 국민학고를 졸업했으니까 열네 살이구먼유."

"안내양은 열여덟 살부터 가능해. 어린애들은 안돼!"

"저 좀 시켜줘유! 시키는 대로 다 할게유."

"그럼 수중에 돈 좀 있니?"

"4만 3,000원 있어유."

"네 사정이 딱하니까 내가 변 과장님께 잘 말해 볼게. 대신 네 나이를 물어 보면 무조건 열여덟 살이라고 우겨야 한다. 알았지?"

"예! 알았구만유."

말자가 전 재산을 꺼내주니 3,000원을 돌려주며 생색을 냈다.

"여기서 잠깐 기다려!"

면접을 본 사감은 급히 숙소로 들어가서 미리 사놓은 미제 말보로(Malboro) 담배 한 보루를 꺼내고, 회사 옆 호남 슈퍼에서 백화 소주도 한 병 샀다. 말보로 담배에는 말 탄 카우보이가 채찍을 들어 달리라고 재촉하는 강한 남자의 이미지가 박혀 있다. 남자들의 담배는 말보로였다.

그러고는 말자의 손을 잡아 끌고 사무실로 향하며 말자가 준 4만원을 안주머니에 쑤셔 넣었다.

"변 과장님! 안녕하세요? 수고가 많으시지요? '말보로'랑 백화 소주 가져왔어요. 일과 끝나시고 한 잔 하세요."

변 과장은 사감이 왜 선물을 갖고 왔는지 훤히 안다.

사감은 변 과장의 어깨와 등을 두들겨 주었다.

"아이고 시원하다. 김 사감이 최고야!"

"그래. 오늘 용건은 뭔가?"

"신입 안내양과 함께 왔어요. 얼굴도 예쁘고 똘망똘망해요."

"어디 보자! 얼굴도 이쁘장하네! 몇 살이냐?"

"열여덟 살이예유."

"정말이야? 그렇게 안보이는데?"

"정말이예유. 한 달만 지나면 돼유."

"정말이야?"

"정말이구만유."

"김 사감, 이 아이 열여덟 살 맞아?"

"네. 이 아이 말대로 곧 열여덟 살이 돼요"

"알았어! 조선 팔도에 믿을 놈 없지만 김 사감 말은 믿어야지."

"제가 왜 거짓말을 하겠어요?"

"알겠네. 됐어! 됐어! 너는 오늘부터 김 사감이 시키는 대로만 하면 돼! 알겠니?"

"알았구먼유우. 취직시켜 주셔서 감사구먼유."

"앞으로 김빠지는 그놈의 충청도 말투 좀 싹 고쳐라! 그리고 삥땅한 것은 같이 나눠 먹자!"

"삥땅이 뭐예유?"

사감이 어리둥절해 있는 말자의 손을 잡아끌었다.

"말자야! 삥땅이란 공평하게 나눠 먹자는 거야!"

"알았어유. 저는 시키는 대로 할게유."

사감은 그렇게 돈을 벌어 불광동에 주택 한 채를 마련했다. 곧 두 채가 된다.

1961년 5월 16일 새벽 5시, 전국에 비상계엄령이 선포되었다. 군사 정부가 들어선 것이다. 그 후 1970년대에 이르자 본격적으로 새마을 운동이 전국적으로 확산되었다. 새마을 온동은 잘 살기 운동이었다.

이전의 대한민국은 일제의 약탈과 6·25 전쟁으로 인해 피폐할 대로 피폐해 있었다. 초근 목피로 허기를 채워야 했다.

거리에는 고아들과 거지들이 난무했다. 가난을 극복하기 위해 부단히 노력했다.

새벽종이 울렸네 새아침이 밝았네

너도나도 일어나 새 마을을 가꾸세

살기 좋은 내 마을 우리 힘으로 만드세

초가집도 없애고 마을길도 넓히고

푸른 동산 만들어 알뜰살뜰 다듬세

살기 좋은 내 마을 우리 힘으로 만드세

서로서로 도와서 땀흘려서 일하고

소득 증대 힘써서 부자 마을 만드세

살기 좋은 내 마을 우리 힘으로 만드세

우리 모두 굳세게 싸우면서 일하고

일하면서 싸워서 새 조국을 만드세

살기 좋은 내 마을 우리 힘으로 만드세 -「새마을 노래」

  사람들은 이 노래를 열심히 불렀다. 학교, 면사무소, 직장, 공장 등에서 전국적으로 특정 시간대에 이 노래가 흘러나왔다. 극장에서는 새마을 뉴스 시간에 어김없이 이 노래가 흘러나왔다.

  새마을 운동은 국민들을 가난이라는 깊은 잠에서 깨어나게 하는 운동이었다. 사람들은 긴장하고 정신을 바짝 차렸다.

  "그래, 잘 살려면 우선 돈을 벌어야 한다. 잘 살려면 사람들이 더 많은 곳으로 가야만 한다."

헤겔의 삼단논법과 유사하다.

"잘 살자! 돈 벌자! 사람들 많은 곳으로 가자!"

그래서 사람들은 서울, 부산, 구미, 구로공단, 창원 등 공업단지가 있는 곳으로 몰려 들었다.

양재, 요리, 재봉, 제빵 등의 기술을 배우려면 학원에 등록하여 자격증을 따는 데 최소 3~4년의 시간이 필요하다.

반면에 버스 안내양은 "오라잇!" 소리만 잘하면 된다. 그래서 가장 쉽게 돈을 버는 직업이 버스 안내양이었다.

말자가 취직한 제일여객 기숙사에는 20~30명이 집단으로 한 방에서 자고 생활했다.

안내양들은 하루에 열 시간씩 일하며 한 달에 10만 원을 벌었다. 그래도 군대 간 오빠의 월급보다 열 배나 많은 돈이었다. 뼈 빠지게 번 돈으로 한 달 밥값 3만 원과 기숙사비 만 원을 제하면 6만 원이 남는다. 자기가 쓸 여윳돈은 만 원 정도다. 그 돈으로 가짜 구르무를 얼굴에 칠하며 살았다. 매달 5만 원은 꼬박꼬박 집으로 보내야 동생들 학비에다 부모님 약값을 할 수 있다.

이들이 은광교회에 드나들면서 「예수님 찬양」을 부르게 된 것은 그나마 교회가 이들을 따뜻하게 맞아주었기 때문이다. 안내양들의 입에서 「예수님 찬양」 노래가 저절로 나왔다.

이들은 「새마을 노래」 대신 「예수님 찬양」을 불렀다.

예수님 찬양 예수님 찬양 예수님 찬양합시다
예수님 찬양 예수님 찬양 예수님 찬양합시다
할렐루야 할렐루야 예수님 찬양합시다
할렐루야 할렐루야 예수님 찬양합시다

예수 이겼네 예수 이겼네 예수 사탄을 이겼네
예수 이겼네 예수 이겼네 예수 사탄을 이겼네
할렐루야 할렐루야 예수 사탄을 이겼네
할렐루야 할렐루야 예수 사탄을 이겼네

예수님 권세 예수님 권세 예수님 권세 내 권세
예수님 권세 예수님 권세 예수님 권세 내 권세
할렐루야 할렐루야 예수님 권세 내 권세
할렐루야 할렐루야 예수님 권세 내 권세

주의 이름을 부르는 자는 구원을 얻으리로다
주의 이름을 부르는 자는 구원을 얻으리로다
오 주 예수 오 주 예수 할렐루야 구원됐네
오 주 예수 오 주 예수 할렐루야 구원됐네

이들에게 서울은 각박하고 인색한 곳이었다. 살기 좋은 서울이라고 하지만 안내양들에겐 서울생활이 고단하고 힘들다. 다람 쥐 쳇바퀴 돌듯 날이면 날마다 흔들리는 버스를 타야만 한다. 그것도 하루에 열 시간씩. 출퇴근 시간과 통학 시간의 버스에는 사람이 메어 터졌다.

겨우 차문에 매달린 안내양이 목청껏 소리친다.

"버스 떠납니다. 안으로 쑥쑥 들어가세요. 오라잇 쾅쾅쾅!"

자칫 방심하다 안내양이 출발하는 버스에서 떨어져 다치는 경우도 있다. 버스는 언제나 안내양이 '오라잇' 소리와 함께 버스 앞부분을 치면 출발한다.

안내양들은 새벽 4시부터 오후 2시까지, 오후 2시부터 밤 12시까지 2교대로 일을 했다. 성추행을 당하는 것은 일상이었다.

엄마 말대로 서울에는 늑대들이 많았다.

"애야, 서울 가면 늑대들을 조심해라."

"서울에 늑대가 그렇게 많아요?"

"그 늑대 말고 술 처먹은 남자 늑대 말이다. 그것들은 거의 다 미친놈들이다."

인권이니 남녀 평등이니 하는 것은 정말 사치스러운 말이었다.

안내양 전도 집회는 은광교회 대학생 청년들이 맡아 했다. 식이는 교회에서 교회 교육을 담당하는 총무라서 백 총무로 불렸다. 사실, 식이가 안내양 전도 집회를 하게 된 것은 고등부 학생 임영진의 형 영선이 덕분이었다.

영선이는 서울에 올라와 버스 안에서 행상을 했다.

"차 안에 계시는 승객 여러분 안녕하십니까? 오늘은 제가 일상생활에 꼭 필요한 물건을 갖고 왔습니다. 엊그제 미군 부대에서 흘러나온 카우보이 말보로 담배와 양주, 말똥 간스메(통조림)와 커피, 비스킷, 초콜릿이 있습니다. 일본의 미쓰비시 제품인 손톱깎이와 귀후비개(귀이개), 미노루 회사의 구르무와 화장품도 있습니다. 실과 바늘, 옷핀, 단추는 도루코 회사 신제품입니다. 부담 없이 구경하시고 필요한 분들은 한 개씩 구매해 주시면 감사하겠습니다."

사람들은 미군 부대와 일본 제품이라는 말에 귀가 솔깃하여 너도 나도 구입했다. 일반 상점에서는 구경을 못하는 제품들이었다. 안내양들도 생전 처음 보는 것들이라서 환장을 했다. 사감은 말보로 담배와 양주, 말자는 말똥 간스메를 사서 꼭꼭 숨겨두었다.

"언니, 이렇게 회삿돈을 삥땅해도 사장님이 모를까요?"

"어떻게 알아? 그 배불뚝이 사장은 그런 푼돈에는 관심도 없어. 땅 투기로 불광동 일대 땅을 야금야금 사들이고 있대."

"그렇게 부자예요?"

"그럼 부자지. 삥땅은 내가 시키는 대로만 하면 돼. 주머니를 한 개 더 만들어서 사람들이 많이 탈 때 눈치껏 그 속에 토큰을 모았다가 가져오면 바로 현금으로 바꿔줄게."

"그래도 저는 떨려요."

"내가 있는데 무슨 걱정이야."

오전 10시부터 오후 4시까지는 출퇴근 시간이 아니라서 버스

안이 한산했다. 그때는 뻥땅도 못한다. 잠에 쫓기는 안내양들은 그 틈을 이용하여 문옆 의자에 앉아 창틀을 붙잡고 꾸벅꾸벅 졸았다.

버스 기사들과 안내양들이 영선의 최고 고객이었다.

"영선 씨! 집이 부안이라면서요?"

"예, 부안 백산입니다."

"아, 그 동학혁명으로 유명한 백산 출신이시네요!"

"맞습니다. 백산입니다."

식이는 동학혁명과 백산의 내력을 알고 있다.

1894년, 동학혁명 당시 동학군이 모여 혁명의 기치를 들었던 곳이 백산이다. 그날 사람들이 어찌나 많이 모여들었던지 흰옷 입은 동학군들이 "일어서면 백산, 앉으면 죽산"이라는 말이 생겼다. 동학 농민들은 죽창을 한 개씩 손에 들고 있었다. 유일한 무기였다. 임진왜란 때부터 조총을 사용하던 일본군들과 비교된다.

식이는 정대 집사를 대동하고 영선과 함께 제일여객에 근무하는 영선의 애인인 김 감독을 만나러 갔다.

제일여객 버스 종점의 승하차장을 지나 안으로 들어가면 안내양 숙소가 있었다. 금남 구역이긴 하지만 영선의 도움으로 갈 수 있었다.

식이는 음료수를 샀다. 음료수라고 해야 박카스 한 박스다.

"안녕하십니까? 처음 뵙겠습니다."

식이와 정대 집사가 인사를 했다.

"어떻게 여기를!"

"저희는 옆에 있는 은광교회에서 왔습니다."

"그런데요?"

"안내양들을 우리 교회로 전도하고 싶어서 왔습니다."

"그렇지 않아도 안내양들이 대부분 고향에서는 교회를 많이 들 다녔던 것 같더라고요."

"아, 그렇군요! 그렇지 않아도 한두 명은 교회에서 자주 봤어요. 모두 함께 나올 수 있으면 좋을 것 같아요."

"아무래도 교회에 혼자 가면 낯설고 소외감을 느낄 수 있으니 그렇게 하면 좋죠."

"2교대 근무니까 2주에 한 번씩은 교회에 올 수 있겠네요."

그다음 주에 안내양들이 우르르 교회로 몰려와서 김 목사님과 장로님들이 깜짝 놀랐다.

대부분 어렸을 때부터 교회에 열심히 다니던 주일학교 출신들이었다.

한국교회의 부흥은, 특히 서울 지역에서 교회의 부흥은 주일학교를 다녔던 시골 사람들이 돈을 벌러 서울로 서울로 모여들면서 이루어졌다고 해도 과언이 아니다.

오후 근무반은 주일 오전에 교회에 나오고, 오전 근무반은 주일 오후에 교회에 나왔다. 은광교회 2층이 안내양들로 가득 찼다.

그래서 식이는 안내양 집회를 별도로 가졌다. 당시 대학생 회장은 길선이와 경아였다. 종대 집사는 레크레이션 담당이었다.

대학생인 영기, 진왕이, 현수, 은덕이가 찬양과 율동을 하고 식이가 설교를 했다.

식이는 마태복음 9장 20-21절 말씀을 본문으로 하여 "혈루증을 앓던 여인의 믿음"에 대해 설교했다.

'혈루증'은 여성들이 하혈을 하는 병을 말합니다. 이 병은 당시 의학으로는 고칠 수가 없었어요. 이 여인은 병을 고치려고 많은 시간과 돈을 허비했습니다. 이제는 더 이상 희망이 없었습니다. 그때 소문을 들었습니다.

"하나님의 아들 예수님이 병을 고쳐 주신다. 소경은 눈을 뜨게 하시고, 귀먹은 자는 듣게 하시고, 말 못하는 벙어리는 말을 하게 하신다"는 소문이었습니다. 그래서 그 여인은 마지막으로 예수님을 찾아갔습니다.

그러나 본문을 보면 이 여인은 예수님께 차마 자신이 사람들로부터 부정하게 취급받던 혈루증에 걸렸다는 말을 하지 못하고 그저 예수님 옷자락에 손을 대어 만졌을 뿐입니다. 그리고 속으로 기도했습니다.

'주여 저를 낫게 해주십시오. 저는 더 이상 돈도 없고 희망도 없습니다. 오직 당신께 의지합니다.'

기도한 후 눈을 떴습니다. 어떻게 되겠습니까?

예수님의 부드럽고 강력한 목소리가 들려왔습니다.

"누가 내 옷에 손을 댔느냐?"

제자들이 말합니다.

"예수님! 사람들이 너무 많아서 서로 밀치고 밀리는데 누가 손을 댔는지 어찌 알겠습니까?"

그때 그 여인이 앞으로 나옵니다.

"주님, 제가 주님의 옷자락에 손을 댔나이다. 저를 용서하소서."

예수님의 부드러운 말씀이 들려옵니다.

"딸아! 네 믿음이 너를 구원하였느니라!"

예수님의 영적인 기운이 그 여인에게 들어갔습니다. 그 순간 몸이 가벼워지고 깨끗이 나은 것입니다.

우리에게는 이 여인과 같은 어려움이 다 있습니다. 우리 힘으로는 도저히 해결할 수 없을 때가 너무도 많습니다. 어떻게 해야 할까요?

하나님의 아들 예수님께 나아오는 것입니다. 나와서 예수님께 나를 받아달라고 간구하는 것입니다. 그것도 어려우면 이 여인처럼 예수님의 옷자락을 잡아보세요. 예수님의 능력이 그 어려움과 복잡한 문제들을 해결해 주십니다. 이것이 이 여인의 믿음입니다.

"할렐루야! 아멘! 아멘!"

안내양 집회는 언제나 뜨거웠다. 그곳에는 예수님 찬양과 위로와 나눔과 기도가 있었기 때문이다. 한동안 안내양들은 은광교회 대학생 청년들을 만나면 차비를 받지 않았다. 버스표를 몇 장씩 떼어내서 주머니에 넣어주기도 했다.

어느덧 식이도 신학대학원 3학년 졸업반이 되었다. 그래서 주일 새벽기도를 지키고 싶었다. 또 내심 아버지 같으신 김 목사님께 신학생으로서의 자기 진면모를 보여드리고 싶기도 했다.

토요일 오후 2시에 교회에 도착하면 유년부 성가대 아이들이 기다리고 있었다. 아이들에게 주일날 부를 찬양 연습을 시키는데 주로 발성 연습이다.

사실, 식이가 아이들에게 가르칠 것은 별로 없었다. 모여서 아는 노래만 함께 부르면 되었다. 식이는 합창 지도를 잘 하고 싶은 마음이 있어서 신학교에서 성가대 지휘법을 배웠고, 교회음악가로 유명한 김두완 선생님을 수시로 찾아가 사사를 받을 만큼 열성적이었다.

성가 연습이 끝나거나 주일 오후 예배가 끝나면 아이들은 으레 식이에게 아이스크림이나 우유 빵을 사달라고 졸랐다. 이런 경우를 "벼룩의 간을 빼먹는다!"고 하는 것이다.

성가 연습 후에는 중고등 학생들과 함께 다시 성가 연습과 성경 공부를 했다. 저녁에는 대학생들과 영어 성경을 읽었다. 그야말로 1인 4역의 일을 했다.

철없는 아이들이 아이스크림과 빵을 사달라고 하면 일단 교회 입구 왼쪽 가게에 가서 외상으로 달아놓고 먹였다. 토요 모임이 끝난 저녁에는 교회 입구 오른쪽 분식집에서 990원짜리 된장국이나 순두부로 허기를 때웠다. 물론, 거기서도 외상이다. 어느 때는 전기곤로를 가져와 용현이, 학출이, 영수, 일태와 함께 라면을 끓여 먹기도 했다. 모두 가난한 사람들이었다.

그것으로 부족하면 광화문 서울고등학교 옆 골목 2층 방으로 초대했다.

먼저 밥을 큰 양푼에 푸고 냉장고에 있는 김치며 나물을 다 섞어 비빈 후 계란과 기름을 넣어 전주 비빔밥이라고 너스레를 떨었다. 전주 사람이 비비면 전주 비빔밥이 아니던가.

주일 새벽기도에 참석하려면 토요일마다 잠잘 곳이 문제였다. 식이는 사찰 권 집사님의 허락을 받아 2층 의자에서 방석을 끌어안고 자기도 했다. 추우면 목사님 옆방 좁은 사무실에서 책상을 붙여놓고 자기도 했다.

가을이 지나고 겨울이 다가오자 도무지 추워서 잘 수가 없었다.

건강상 휴학을 하게 된 학생 회장 영수가 말했다.

"백 총무님 우리 집으로 갑시다. 내 방에서 자면 돼요."

나이는 어리지만 정이 많은 친구였다. 영수 어머니인 정 권사님은 종종 아침에 우리를 흔들어 깨웠다.

"영수야! 백 총무님 모시고 불광시장에 가서 설렁탕 한 그릇 먹고 오너라."

덕분에 몸보신을 잘 했다.

15. 지도자의 외길

산등을 넘어가는 산골길을 칠흑같이 어두운 가을밤에 혼자서 가본 적이 있는가?

가랑잎을 밟으며 걷고 있으면 발길을 옮길 때마다 "부스럭 부스럭" 소리가 난다. 발걸음을 내디디면 낙엽들은 발이 닿기도 전에 소리를 지른다.

"바스락 바스락 바스락 바스락."

그 소리를 귀담아 들은 늑대들이 언덕 양옆에서 쏜살같이 달려들 것만 같다.

식이는 손에 나무로 만든 몽둥이를 꽈악 쥐고 있었다.

바람이 부니 낙엽들이 굴러다니다가 좁디 좁은 길로 다 모여들었다. 낙엽의 부스럭거리는 소리는 그들만의 언어였다.

"바람에 휩쓸려 이리저리 굴러다니다가는 몸뚱이가 형체도 없이 사라져버릴 거야. 헤밍웨이의 『노인과 바다』가 그것을 말해 주고 있어. 어마어마하게 큰 물고기를 잡았으면 뭐해. 집으로 돌아가는 길에 상어가 다 뜯어먹으면 앙상한 뼈만 남을 텐데."

낙엽은 줄기만 남고 물고기는 뼈만 남으면 사람에게는 뭐가 남을까?

무덤이다. 구태스럽게 양반집 선산에는 등급과 서열이 있다. 맨 윗자리는 5대조 묘, 그다음은 4대조, 3대조 묘다. 이들을 아는 사람은 아무도 없다. 그리고 조부모님 묘다.

식이는 늘 먹는 것이 부실했다. 전주 중평리에 살 때는 할머니가 가마솥에서 방금 퍼온 따뜻한 밥에다 손수 기르신 콩나물을 넣고 텃밭의 상추며 배추를 손으로 쭉쭉 찢어 참기름과 된장, 고추장을 넣어 쓱쓱 비벼서 비빔밥을 만들어 주었다.

할머니는 장손인 식이를 극진히 사랑하였다. 잊어버릴만 하면 출가하실 때 혼수로 가져오신 장롱 위에 얹힌 오색 종이를 붙인 네모진 함지박 같은 상자 속에서 문서를 꺼내 보여주었다.

"식아, 네가 이 집안의 장손이기 때문에 이 문서는 다 네 거다. 논 800평, 선산 5,000평, 밭 400평 다 네 거다."

"작은아버지들은 다 받으셨나요?"

"원래 논만 30여 마지기니까 6,000평은 되었다. 머슴을 두 명이나 두고 살았으니 잘 살았지. 다 나눠 주었다. 네 할아버지는 그 오살놈의 셰퍼드 개와 작은 여자를 잘못 만나서 김 면장놈 손에 죽고 말았다. 해방되고 나서는 그 놈의 전쟁 통에 셋째는 학도병에 끌려가서 죽고, 네 애비와 넷째는 행방불명되어 버렸지. 그런 일만 없었다면 우전면 일대에서 우리 집이 아마 제일 부자였을 거다. 너도 네 어미도 고생만시키고 내 신세가 말이 아니다."

할머니 눈에서 이슬방울이 맺혀 떨어졌다.

대학 시절에 함께 사는 작은아버지가 늘상 하시던 말씀이 생각났다.

"석아! 너는 데모를 한다거나 데모에 앞장 서면 절대 안된다! 공부만 열심히 해."

"작은아버지! 민주주의를 한다면서 군인들을 동원하여 정치인들을 잡아가고 학생들을 탄압하면 대학생들이 나서야죠!"

"그래도 너는 절대로 안돼! 공부만 열심히 하면 돼."

"왜요?"

"네 아버지가 전라북도 완주군 당위원장이셨어!"

당시 식이는 그 말을 전혀 이해하지 못했다.

'아니, 우리 가정은 6·25 전쟁의 피해자고 나는 기독교적인 입장에서 공산주의를 철저히 배격하는데 왜? 비판의 목소리를 내면 안된다는 말인가?'

나중에야 알았다. '연좌제' 때문이란 걸. 과거 양반, 상놈 사회를 가능하게 했던 그 내용이었다.

한 번 양반은 영원한 양반이고, 한 번 노비는 영원한 노비라?

식이는 주먹을 불끈 쥐었다.

은광교회 임종대 목사님은 주일 저녁 모든 예배가 끝나면 으레 식이를 호출하셨다.

"백 총무, 예배 끝나면 내 방으로 오소."

"예."

매주 식이는 주일 예배 후에 목사님과 이런저런 이야기를 나

누웠다.

"지난 주에 인천 모 교회에 문제가 생겼다고 해서 갔더니 그리 큰 문제가 아니더라고. 나이가 좀 있으신 장로님이 신학교를 갓 졸업해서 부임한 젊은 목사가 버르장머리 없이 인사를 건성으로 했다고 문제를 삼으셨대."

"그래서 어떻게 하셨어요?"

"내가 선배 목사로서 젊은 목사에게 호통을 쳤지. 목회 잘하려면 인사부터 잘하라고."

"장로님께는요?

"한국교회에서는 목사가 되면 누구나 영적인 권위를 세우려 한다. 그러니 세상적인 관점으로 보지 말고 어른답게 너그럽게 넘어가주면 안되겠냐고 달랬지. 교회 문제는 사소한 것으로부터 시작되네."

"우리 교회는 어떤가요?"

"문제 없는 교회는 없어. 이번에 장로 투표에서 장영길 장로님이 최고 득표한 것을 보고 내가 직접 선거에 개입했다고 교인들이 수군거린다고 하더라고. 심지어 장로가 되지 못한 어떤 사람을 담임목사인 내가 떨어뜨렸다는 거야. 나 원 참."

"장영길 장로님이라면 길 건너편에서 병원을 운영하시는 분 말씀하시는 거지요?"

"그래 맞아! 장성만 의원 동생인데 겸손하셔. 김혜영 집사하고 부부가 전도도 많이 하고 어려운 사람들을 물심양면으로 도와주고 있다네."

"그러시군요."

"교회에서 신앙생활 잘하는 사람들은 자기가 한 일을 말로 떠벌리지 않는 것 같아."

식이 뱃속에서 "꾸루룩 꾸르룩" 소리가 났다. 그도 그럴 것이 하루 종일 아침에 우유와 빵 한 개 먹은 것이 전부였다. 점심은 시간이 없어서 못 먹고, 저녁은 돈이 없어서 못 먹었다.

10시 50분 막차를 타고 을지로 2가에서 다시 천호동 가는 차를 바꿔 타면 12시경에 장신대 기숙사에 도착한다.

연탄불에 라면이라도 한 개 끓여 먹어야 살 것 같았다.

"목사님, 저 이제 가봐야 할 것 같습니다. 막차 시간이 다 되었네요."

"벌써 시간이 그렇게 됐나? 그래 잘 가게. 안내양 집회는 어떤가? 교회 2층이 교인들로 가득 차서 기쁘네."

오늘도 안내양은 차비를 받지 않았다. 장신대는 골고다의 언덕길이다. 고픈 배를 움켜쥐고 겨우 기숙사에 도착했다.

라면을 끓였다. 냄새를 잘 맡는 충청도 출신의 헤비급 인병국 전도사가 오늘도 나타났다.

"형님, 나도 좀 먹어유."

헤비급을 당할 재간이 없다. 큼지막한 손으로 라면 그릇을 빼앗아 가더니 주물주물 한 입에 다 털어넣어 버렸다.

"인 전도사, 국물이라도 조금 남겨주소."

"여기 남아 있어유."

그 큰 덩치를 유지하려면 많은 칼로리가 필요할 것이다.

"형님 잘 얻어 먹었시유."

옆방으로 가는 발소리가 들렸다.

걱정이다. 병국 전도사가 부자 교회로 파송받아야 할 텐데. 웬만한 교회는 이 거구의 먹성을 감당하지 못하지 싶다.

부천 일심교회에서 사역하시는 권 전도사가 들어왔다. 손에는 환타 한 병이 들려 있었다. 반절을 마시더니 반절 남은 환타 병을 식이에게 건네준다.

"아 시원하다. 백 전도사! 모레 영어 시험이 있다고 했지? 나는 영어의 ABC도 모르고 신학교에 왔는데 이를 어쩐담. 생각해 봐. 공고 나와서 공대에 갔지만 맨날 옷감 물들이는 실습만 하고 군악대에서는 나팔만 불다가 왔으니 뭘 알겠어?"

"너무 걱정마세요. 독해 문장 네 문제 중 두 문제는 내 답지 커닝하고, 다른 두 문제는 임신일 전도사에게 부탁해 보세요. 기꺼이 커닝하게 해줄 거예요."

그런 다음 식이는 환타를 마셨다.

속이 후련했다. 걱정 근심이 다 사라졌다. 멀리 멀리 멀리 아주 멀리.

식이는 꿈에 연을 탔다. 비행기를 탄 기분이었다. 연이 멀리 멀리 날며 흔들릴 때는 곡예사가 되어 소리를 질렀다.

떨어지면 죽을 것만 같아 연을 더 꽉 잡았다.

연에서 떨어지지 않으려고 안간힘을 썼다.

"어~ 어~ 어~ 어~."

팬티에 오줌을 쌌다. 화장실로 달려가 팬티를 주물주물 빨았다. 그런 다음 아무 일도 없었던 듯이 잠을 청했다.

이종성 학장님이 방마다 돌아다니셨다. 신학생들이 과제와 시험 준비로 하도 새벽기도에 나오지 않으니 깨우러 다니시는 것이었다.

학장님은 수업 시간에 여러 번 말씀하셨다. 독일에 오셨을 때 내게도 똑같은 말씀을 하였다.

"나는 은퇴하면 장편 소설을 쓰고 싶습니다."

식이는 그 말씀을 마음 판에 깊이 새겼다.

은광교회 임 목사님은 식이를 매 주일 밤에 방으로 불러들여 대화를 나누었다. 특별한 주제도 없고, 내용도 없지만 부담도 없다.

목사님이 가시는 곳마다 사랑이 스쳐 지나간다.

오해와 갈등, 미움과 증오가 이해와 화합, 사랑과 칭찬으로 탈바꿈한다.

권 전도사는 아무런 준비 없이 신학교에 들어왔다. 그래도 행복하기만 하단다. 새로 사귄 애인이 신학교에 가는 것을 '결혼 조건'으로 걸었다고 하는데 날마다 편지가 날아왔다.

"오늘도 잘 계시는지요? 저는 새벽마다 교회에 나가 당신과의 행복한 결혼을 위해 기도합니다. 성경도 많이 읽으시고 공부 열심히 하세요. 당신이 실력 있는 목회자가 되는 것이 저의 유일한 소망입니다. 안녕히. 당신의 하얀이가."

권 전도사는 편지가 오는 족족 식이에게 다 보여주었다.
문제가 생겼다. 영어 시험 때문이었다. 영어는 서울대 출신 호랑이 선생님 과목이다.
"나이도 어린 것이 알아듣지도 못하는 영어 나부랭이나 가르치는 주제에 유학을 했답시고 폼만 재고 있으니 아휴 밥맛 떨어져."
"그래도 서울대를 나왔대요."
"아니, 성경에 하나님이면 하나님이지 하나님을 무슨 놈의 '궁극적 관심'(Ultimate Concern)이라고 돌려서 말을 하냐?"
"사람들이 궁극적으로 관심을 갖는 분이 바로 하나님이라는 것이니 얼마나 멋진 표현이에요!"
"그렇긴 한데. 이번에 나 영어 시험에서 낙제하면 아예 보따리 싸가지고 집에 가야겠네."
"하얀 양과 결혼은 어떻게 하려구요?"
"나도 몰라. 어떻게 되겠지! 어쨌든 영어 시험은 식이만 믿네."
"그대로 베껴 쓰지 말고 말을 조금씩 바꾸세요."
"그건 걱정마. 내가 잘 알아서 할게."
작전 회의가 끝났다.

하얀 양이 권 전도사에게 넥타이와 양말, 팬티를 소포로 보내왔다. 먹음직한 인절미 찰떡과 배, 사과, 곶감까지 한가득 들어있었다.

"이것 우리 함께 나눠 먹세. 임신일 전도사도 부르고, 인병국 전도사도 부르세."

"인병국 전도사! 이리 와 봐요!"

"왜요?"

"좋은 일이 생겼어."

"쿵쿵쿵 쿵쿵쿵."

인 전도사가 움직일 때마다 기숙사가 울렸다.

당시는 콩 한 조각이라도 나눠 먹는 것이 덕목이자 문화였다. 특히 전주는 음식 문화가 발달하여 더 그랬다.

식이는 전주 사람이다. 나눠 먹는 문화에 익숙하다. 나눠 먹다 보면 먹을 것이 더 많이 생겼다.

사랑이 스치면서 뿌려주는 선물들이었다.

마치 광야에서 40년간 만나와 메추라기와 물을 배불리 먹었던 그들처럼 말이다.

6장

봄 봄 봄

16. 뿌린 대로 거두리라!

식이는 모든 것에 자신만만했다. 어데서 그런 무한한 힘이 나왔는지 알 수 없다.

영어 시험날이다.

네 문장이 나왔다. 1번, 2번은 식이 담당이고, 3번, 4번은 임신일 전도사가 담당이다.

폴 틸리히의 '궁극적 관심'으로 철학적 문장이라 쉽지가 않았다. 식이는 재빨리 자신의 답안지를 작성한 후 준비한 커닝 페이퍼에 깨알같이 써서 커닝 페이퍼를 권 전도사에게 슬쩍 던져주고 나왔다.

그동안 옆에 앉은 권 전도사는 문제지만 만지작거리고 있다가 커닝 페이퍼를 받고 나서야 답안지를 작성하기 시작했다. 호랑이 교수님은 눈에 불을 켜고 감독을 하였다.

식이는 방으로 돌아와서 히브리어를 공부하기 시작했다.

한 시간이 지나고 두 시간이 지나도 권 전도사와 임신일 전도사가 나타나지 않았다. 갑자기 불안해졌다.

'혹시 호랑이 영어 교수님께 딱 걸린 것인가?'

아무래도 호랑이 교수님 연구실에 가봐야 할 듯했다. 노크를 했다.

"누구세요? 들어오세요."

목소리가 격앙되어 있었다. 문을 여니 아니나 다를까 두 사람의 죄인이 호랑이 교수님 앞에 무릎을 꿇고 있었다. 대역 죄인마냥 무릎을 꿇고 고개를 푹 숙이고 있었던 것이다.

식이는 교수님께 양심 선언을 했다.

"이들은 죄가 없습니다. 제가 제안을 해서 이렇게 됐습니다. 용서해 주십시오."

"뭐? 식이 자네가? 자네도 공범이니까 여기 무릎을 꿇고 앉게나!"

"잘못했습니다. 용서해 주십시오."

"용서? 무슨 놈의 용서?"

호랑이가 펄쩍 뛰면서 앞발로 식이의 얼굴을 할퀸다. 피가 뚝뚝 떨어진다. 아무것도 눈에 보이지 않았다.

"자네들 정신차리게! 이렇게 커닝을 해서 신학교를 졸업하면 한국교회는 결국 망해요."

"잘못했습니다. 잘못했습니다!"

셋이서 그저 손이 발이 되도록 싹싹 빌었다. 호랑이는 화가 쉽게 풀리지 않았고 식사 시간이 다 지나도록 셋이는 길고 긴 설교를 들어야 했다.

처음에는 위협, 중간에는 타협, 나중에는 위로였다.

'다시는 부정 행위를 하지 않겠다'는 각서도 썼다.

기숙사로 돌아오면서 두 사람에게 자초지종을 물었다.

"휴우. 어떻게 된 거요?"

"호랑이가 돌아서기에 커닝 쪽지를 슬쩍 권 전도사에게 던졌지라. 그런데 아 그것을 권 전도사가 받지 못하고 바닥에 떨어뜨린 기라. 그라꼬오. 고것을 호랑이가 보고서는 딱 잡혔는 기라."

"내 잘못이야. 1번, 2번은 말을 돌려서 다 잘 썼는데 권 전도사 쪽지를 그만 놓쳐버리는 바람에 딱허니 걸려버렸네."

"이제 어떻게 하면 좋겠소?"

"뭘 어떻게 해? 호랑이 처분만 기다려야지."

이 문제는 교수 회의에서 안건으로 다루어졌다.

"금번 영어 시험에서 부정 행위가 발각됐습니다. 한 학생이 두 학생의 도움을 받아 답안을 작성하려 했는데 불발에 그쳤습니다."

"반성의 기미는 보이던가요?"

"세 학생이 싹싹 빌며 반성했고 다시는 그러지 않겠다고 각서를 썼습니다."

교무과장 사자 교수님이 판결을 했다.

"커닝하려던 학생은 1년 정학 처분합니다. 그동안 영어 공부를 해서 시험에 통과해야 공부를 계속할 수 있습니다."

동조자를 벌하자는 말은 아예 없고, 세 사람 몫을 혼자서 다 감당하게 되었다. 그렇게 권 전도사는 정학을 당하고, 식이와 임신일 전도사는 학교에 남게 되었다.

식이가 권 전도사 하숙집을 찾아갔다. 방안에는 영자 신문인 『Korea Times』가 놓여 있었다. 갑자기 영자 신문을 본들 영어 공부에 얼마나 도움이 될까? 차라리 학원에 가서 수준에 맞는 영어 공부를 하라고 조언했다.

영어는 하루아침에 배울 수 있는 것이 아니다. 식이가 대학 1학년 때 다른 과 동급생의 대리 시험 보던 생각이 났다.

"식이야, 영어 시험 볼 때 답 좀 보여줘."

"안돼요! 부정 행위 하다 걸리면 큰일나요."

"그건 염려하지 마. 조교가 고등학교 후배인데 시험 감독으로 들어온대. 봐 주기로 했어."

"그래도 안됩니다."

"부탁이야! 제발 60점만 맞게 도와줘."

그 친구는 서울로 연탄 배달을 하면서 대학을 다니고 있었다. 시험 당일날 옆에 앉아서 커닝을 시켜주었다. 안 들키고 무사히 넘어갔다.

그 후 그 친구의 연탄 배달차를 타고 서울을 서너번 오갔다. 그것이 커닝시켜준 보상이었다.

임신일 전도사는 경남 진주 사람으로 인상이 매우 좋다. 평소에 이 방 저 방 돌아 다니면서 자기의 존재를 알렸다. 가끔 식이 방에도 왔다.

"다들 밥은 묵었나?"

"어서 오시오."

인상이 너그러우니 마음도 너그러워 보였다.

"내가 이 방에 온 것은 이번 여름방학 때 했던 일을 나누고자 해서야."

"무슨 일을 했는데요?"

"10여 명 모이는 시골 교회에 갔더니만 마당에 풀은 한 길이고 교회당 마룻바닥은 새카맣고 하여 팔 걷어붙이고 대청소를 했어. 그게 새마을 운동이지 뭐."

"교인들도 함께 했어요?"

"그럼. 한 이틀 엄청 고생했어. 교회당 마룻바닥에는 아예 양동이로 물을 퍼다 부었지! 속이 다 후련하더라."

"새마을 표창을 받아야겠네요?"

"뭐 고까짓 걸 갖고."

"그건 그렇고, 나 이번에 반장 선거에 나온다. 두 사람은 누구 찍을 거야?"

"우리야 당연히 임 전도사 찍지요. 두 표입니다."

"같은 방을 쓰고 있는 유 전도사가 하도 권해서 나오게 됐어."

"우리 생각에도 임 전도사가 반장에 적임자인 것 같아요."

"고마우이."

정작 투표를 해보니 25명 가운데 임 전도사가 7표를 얻었다. 임 전도사는 큰 실망과 충격에 빠져 버렸다.

지난 번 부정 시험 사건을 사람들은 쉬쉬 하면서 지냈지만 아무래도 그것이 이번 선거에 영향을 미친 것 같았다.

결국, 임 전도사는 학교를 그만두고 말았다.

세상도 아닌 신학교에서 벌어지는 일들에 많이 실망한 것이다. 나를 언제나 격의 없이 웃으며 대해주던 사람이 갑자기 내 인생에서 사라져 버렸다.

반장 선거 전까지만 해도 그의 기도에는 강력한 힘이 있었다.

"천군 천사의 호위와 만군의 대군을 거느리시는 하나님 아버지시여!

이 시간 감히 미천한 종이 찬양과 경배와 존귀와 영광을 아버지 하나님께 올려드립니다.

우리가 무릎을 꿇고 드리는 찬양과 경배와 존귀와 영광을 홀로 받으시옵소서.

제가 반장이 되어 최선을 다해 신학교의 방향을 개혁하고자 하오니 도와주십시오.

존귀하신 독생자 예수 그리스도의 이름으로 기도를 올리옵나이다."

기도는 거룩했다. 거룩하신 하나님이나 단순히 궁극적 관심으로 바꾸어 부르는 심리적인 하나님이 아니라 지금도 살아서 역사하시고 온 세계를 주관하심을 확실하게 믿는 그런 기도였다.

그 기도가 식이 옆에서 사라져 버렸다. 바람이 지나간 것처럼 말이다. 임신일과의 만남은 그것으로 끝이었다.

17. 격전지 순례 대행진

 식이는 신학대학원 졸업식을 앞둔 1976년 2월 초겨울 어느 날, '학도 호국단 격전지 순례 대행진'에 참여하게 되었다. 학도 호국단 단장인 1년 후배 태욱이가 제안했다.
 "형! 졸업 논문도 다 썼겠다. 금번 '학도 호국단 격전지 순례 대행진'에 장신대 대표로 참여해 볼려우?"
 "시간은 되는데 내가 가도 될까?"
 "그럼요. 오늘까지 신청하면 돼요."
 자기는 학교일로 바빠서 못 가니 대신 잘 다녀오라고 인사까지 했다.

 장신대 수위실에는 학교를 감시하는 키가 훌쩍 크고 빼빼 마른 말단 정보부 직원이 항시 죽치고 앉아 있었다. 혹시나 학생들이 데모를 하지 않을까 노심초사 독수리 눈을 하고서는 주시하고 있었다. 어느 때는 학장실에서 나오기도 했다.
 "죽일 놈들! 신성한 신학교까지 프락치를 보내서 학생들을 감시하다니. 정 할일 없으면 집 짓는 데 가서 땅이나 파던지."
 "그러게 말여."

강원도 출신인 준호는 식이보다 두 살 위였다. 강원대 임학과를 나온 준호는 전지 가위를 갖고 다니면서 남모르게 장신대 교정에 있는 나무의 전지를 도맡아 했다. 다만, 허약해서 탈이었다.

어느 날인가 교육과 여학생을 소개해 주겠다고 했다.

"여자는 자고로 궁둥이가 커야 애도 쑥쑥 낳고 그런다우! 내가 그런 사람 한 사람 소개해 줄까?"

"누군데?"

"학교 사진 수첩 이리 내봐. 기교과 이 사람이야."

사진을 보니 참하게 생겼다. 마음에 들었다. 이상한 것은 전혀 마음이 동하지 않았다. 그때 조금이라도 내가 반응을 보였었다면 그녀와 결혼을 했을 수도 있다.

식이는 다음날 오전 일찍 광장동 큰 길 사거리에서 학도 호국단 격전지 순례차에 승차했다. 식이가 탄 차는 3번 차량으로 신학교 학생들이 타고 있었다.

옆에 앉은 어린 학생에게 물었다.

"어느 대학에 다니나요?"

"그리스도신학대학교입니다."

처음 듣는 학교 이름이었다.

"그 학교는 어데 있어요?"

"예, 화곡동에 있습니다."

당시 식이에게는 생소한 학교 중 하나였다. 지금 그리스도신학대학교는 강서대학교로 이름이 바뀌었다.

그 차에는 한국신학대학, 성결신학대학, 감리교신학대학, 순복음신학대학 등의 학생들도 있었다.

차는 서울을 벗어나 경기도 고양 파주를 지나 북쪽을 향해 마구 달렸다. 그런데 이상한 것은 휴전선에 가까워지자 동원된 학생들이 길가에 일렬로 늘어서서 태극기를 흔들며 우리를 반겨주었다.

식이는 그곳에서 내렸다. 휴식 시간이라고 했다. 화장실에서 볼일을 본 후 여기서부터는 다음 목적지인 군부대까지 격전지를 걸어가야 한다고 했다. 다른 차들에는 서울대, 고려대, 연세대, 한양대, 경희대, 홍익대를 비롯하여 이화여대, 숙명여대, 덕성여대, 동덕여대 등 전국의 대학 학생들이 타고 있었다. 물론, 호남, 영남, 강원, 충청 등 지방대학에서도 두세 명씩 참여를 했다고 한다.

화장실에 가보니 여자 화장실은 길게 줄이 늘어서 있었고, 남자 화장실에서는 담배 연기가 자욱하게 지붕을 향해 오르다가 틈새를 찾아 그쪽으로 새어 나왔다.

식이는 화장실에서 깜짝 놀랐다.

'아니, 저 놈들은 내 좌석 좌우에 앉아 있었던 신학생들 아냐?'

그들은 히히덕거리며 담배를 꼬나 물고 있었다.

'지옥에나 갈 놈들 같으니! 하나님을 믿는 신학생들이 염생이처럼 담배를 꼬나 물고 있다니! 오호 말세라! 한국교회 다 망해

뿌렸네그려.'

식이는 이 순간만큼은 앞뒤가 꽉 막힌 거룩 거룩 교회 장로님이 되어 버렸다. 부지불식간에 말이 전혀 통하지 않는 교회의 극보수 장로님이 되어 있었다.

"이 독사의 자식들아! 회개하라, 천국이 가까이 왔느니라!"

식이는 허공을 향해 외쳤다.

교육부 관계자가 안내 방송하는 소리가 들려왔다.

"자, 학도 호국단 여러분들 다 이리로 모여주세요. 서울 지역부터 경기, 강원, 충청, 호남, 영남, 제주 순으로 양구·인제 격전 지역 부대를 향해 출발합니다. 여기 마련된 순례기를 들어주세요. 모두들 자유롭게 출발 시작합니다."

격전지 순례 팀들이 버스가 정차한 간이 휴게소를 벗어나자 어린 학생들이 길가에 늘어서서 애국가를 부르며 순례단을 열렬하게 환영해 주었다.

식이는 속으로 「행군의 아침」을 부르며 앞으로 앞으로 나아갔다. 이 순간만큼은 진짜 사나이가 된 기분이었다.

동이 트는 새벽 꿈에 고향을 본 후

외투 입고 투구 쓰면 맘이 새로워

거뜬히 총을 메고 나서는 아침

눈 들어 눈을 들어 앞을 보면서

물도 맑고 산도 고운 이 강산 위에

서광을 비추고자 행군이라네

잠깐 쉴 때 담배 피며 구름을 본 후
배낭 메고 구두끈을 굳이 매고서
힘있게 일어서면 열려진 앞길
주먹을 두 주먹을 힘껏 쥐고서
맑은 하늘 정이 도는 이 강산 위에
오랑캐 내쫓고자 강행군이다

이렇게 식이 무리는 순례를 한답시고 하루에 4킬로미터 정도를 열렬한 학생들의 환영을 받으며 걸었다.

첫째 날, 군부대에 들어갔다. 군 부대원들의 안내를 받으며 군 부대 강당에 집결했는데 버스가 7~8대였으니까 300여 명은 족히 될 듯했다. 키가 작고 얼굴이 새카만 육군 소령이 나와 인사를 했다.

"나는 베트콩이 톡톡 튀는 양아치 소굴에 포로로 잡혔다가 땅강아지 몇 마리 모가지 떼버리고 용수철처럼 튀어나온 백용철 소령이다. 오늘 팔도 전국에서 여기까지 온 여러분을 만나게 되어 무척 반갑다. 서로 인사들 나누기 바란다!"

"…."

순례단은 어안이 벙벙해서 어쩔 줄 몰라했다.

한 남학생이 먼저 손을 내밀며 인사를 건넸다.

"반갑습니다. 저는 장신대에서 왔습니다."

"장신대가 어데 있나요?"

"광나루 워커힐 밖에 위치해 있습니다."

"예, 압니다. 건물 위로 흰 기둥 같은 십자가가 워커힐 방향 북쪽 산등성이에 탑처럼 새워진 곳을 말하는 거지요?"

"예, 그렇습니다."

그날은 그렇게 그곳에서 하룻밤을 보냈다. 떠날 때도 백용철 소령이 나와 인사말을 했다.

"어젯밤에 북한군 잡것들이 두더지나 승냥이 새끼들처럼 땅굴 파고 내려왔어야 구경거리가 생기는 건데. 이 멍청이 용철이는 어깨에 시들어 빠진 무궁화꽃 한 잎이라도 더 달아 보겠다고 한숨도 못잤다. 배때기에서 간을 끄집어 내서 자근자근 소금 찍어 먹어도 시원치 않을 놈들 땜에."

도무지 주제 파악이 안 되는 사람이었다. 분명한 것은 반공 정신이 투철한 사람임에는 틀림없다. 공산화를 반대하니까 자진하여 월남 파병까지 다녀온 것이 아니겠는가.

2박 3일 동안 학도 호국단 순례는 민통선, 통일전망대, 휴전선 가까이까지 가서 남한에서 친 동서 길이 238킬로미터(144마일) 철조망의 일부를 만져 보는 것으로 끝이 났다.

경기도 파주 임진강에서 강원도 고성 동해안까지 1,292개의 말뚝과 팻말이 있는 휴전선 체험 학습 현장이었다.

통일전망대에서 바라보는 북한의 모습은 민둥산에다가 짙은

회색을 띤 초소가 띄엄띄엄 줄지어 있고 민간인의 인적은 찾아보기 힘들었다. 한마디로 모든 것이 죽어 있는 듯한 황야 그 자체였다.

학도 호국단 순례 팀이 거쳐간 간 곳은 강원도 내륙 지역인 인제, 양구, 화천, 철원이었다.

마지막 날 4킬로미터의 행군을 할 때도 길거리에는 환영하는 학생들과 구경꾼들이 동원되어 있었다. 열렬한 환호를 받으며 군부대의 점심을 끝으로 격전지 국토 순례단은 마지막 집결지인 고려대학교 본관 앞 잔디밭 정원으로 향했다.

버스가 도착하고 어느 정도 시간이 흐르자 김종필 총리가 왔다. 검은 테 안경을 쓰고 수행원들과 들어오는 총리는 약간 상기된 표정이었다.

식이는 맨 앞자리에 서 있었다. 김 총리와의 거리는 10미터도 채 되지 않았다. 그때는 한창 유신헌법 통과 문제로 학생 소요가 빈번하게 일어나고 있던 시기였다.

"학생 여러분! 그동안 격전지를 순례하느라 고생 많았습니다. 민통선, 통일전망대, 휴전선을 다녀온 거지요? 우리 국군 장병들이 밤잠을 설쳐 가며 국가를 지키고 있습니다. 여러분은 우리 조국 대한민국의 주인입니다. 국가가 혼란한 상태에 빠져 있는 때에 어떻게 하면 대화를 통해 정치를 바르게 이끌어 갈지 고심 중에 있습니다. 여러분이 학도 호국단 대표들로서 국가의 정치적 안정에 동참해 주기를 간곡히 부탁드립니다. 금번 격전지 순례를 통해 여러분이 보고 듣고 느낀 바를 마음에 깊이 새기며 학업에 전념하시기를 바랍니다. 시간 관계상 질문은 설문지에 상세히 적어 내는 것으로 대신하고 국무총리실에서 제공한 도시락을 마음껏 드신 후 고대 앞마당에서 펼쳐질 캠프 파이어를 마음껏 즐기시기를 바랍니다. 모쪼록 여러분 앞날에 행운이 깃들기를 기원하겠습니다."

식이는 김 총리의 설득력 있는 인사말에 마음이 움직였다. 말씀 한마디 한마디에 무게가 있고, 신중하고 사려 깊고 젊은이들을 가까이에서 이해하려고 노력하는 분 같았다.

잠시 후 순례단에게 나누어 준 도시락은 뜨거운 소고기 뭇국에 밥과 김치, 소불고기, 콩나물, 도라지 무침 등 매우 근사했다. 통닭도 한 마리씩 봉지에 곁들여 나왔다. 이런 메뉴는 흔히 먹을 수 있는 것이 아니었다. 게다가 지금까지 구경해 보지 못한 플라스틱 투명 수저와 포크가 냅킨에 싸여 들어 있었다. 식이는 일회용 플라스틱 용품을 도저히 버릴 수가 없어서 남은 통닭과 함께 둘둘 말아 쌌다. 자신을 격전지 순례 대행진에 참가하도록 해준 후배 태욱이에게 갖다 주고 싶었다.

어둑어둑해지면서 고대 운동장에는 불꽃이 활짝 피어 오르고 있었다.

불꽃은 신비한 것이다.

"후따닥 퍽퍽 후다닥 찍찍 툭툭툭 퍽퍽."

위로 솟구치는 새빨간 기둥의 불꽃은 시커먼 불꽃 연기를 좌우로 제치면서 혀를 날름거린다. 마치 커다란 용이 하늘로 비상하기 위해 용트림을 하는 것만 같았다.

설치된 무대 위에서 고대 출신 가수가 소개되었다. 마이크를 손에 쥐더니 짧게 멘트를 한다.

"전국의 대학 학도 호국단 대표 학생 여러분 안녕하셨습니까? 격전지 순례는 잘 마치셨나요? 국가가 안정되게 서 있어야 국민이 있습니다. 오늘 신나게 노래를 부르며 이 밤을 즐겨 봅시다. 「서울의 찬가」를 불러보겠습니다. 반주 부탁해요!".

「서울의 찬가」가 울려퍼졌다.

종이 울리네 꽃이 피네
새들의 노래 웃는 그 얼굴
그리워라 내 사랑아
내 곁을 떠나지 마오

처음 만나고 사랑을 맺은
정다운 거리 마음의 거리
아름다운 서울에서
서울에서 살으렵니다

봄이 또 오고 여름이 가고
낙엽은 지고 눈보라 쳐도

변함없는 내 사랑아

내 곁을 떠나지 마오

헤어져 멀리있다 하여도

내 품에 돌아오라 그대여

아름다운 서울에서

서울에서 살으렵니다

종이 울리네 꽃이 피네

새들의 노래 웃는 그 얼굴

그리워라 내 사랑아

내 곁을 떠나지 마오

처음 만나고 사랑을 맺은

정다운 거리 마음의 거리.

아름다운 서울에서

서울에서 살으렵니다

    식이는 짐을 챙겨 서둘러 운동장으로 내려왔다. 캠프파이어는 누가 하라고 말할 것도 없이 「서울의 찬가」를 부르며 자동적으로 불꽃 주위를 도는 것으로 시작되었다.

    "등 따숩겠다. 배 부르겠다. 이제 남은 것은 가무 외에 뭐가 있담?"

옛 어르신들의 말이 귓전을 스쳐 지나갔다.

그날 식이는 왜 그 노래를 그렇게 신나게 불렀는지 잘 모르겠다. 지금까지 교회에서 찬송가만 부르다가 그만 세상 노래에 풍덩 빠져 버렸다.

「서울의 찬가」는 서울을 그리워하고 선호하는 사람들이 즐겨 불렀다.

'나도 벌써 서울에 와 있네.'

노랫소리가 귓전에서 맴돈다.

"아름다운 서울에서 서울에서 살으렵니다 아름다운 서울에서 서울에서 살으렵니다."

서울이 가난한 신학생에게 아름다운 곳인가? 지게 품팔이, 일일 노동자, 넝마주이, 몸 파는 여자들에게도 아름다운 곳일까?

전혀 아니라는 생각이 들었지만 그 순간만큼은 서울이 아름답게 느껴졌다.

불 앞에서 노래하며 춤추는 가수의 그림자가 사람들을 유혹하는 듯 보였다.

18. 처제여, 돌아오라!

식이에게는 처제가 한 명 있다. 매우 귀한 처제다. 매사에 적극적이고 자상하며 보름달처럼 환하고 밝은 미소가 일품이다. 가족의 대소사를 잘 챙기고 남편을 극진하게 대하던 처제였는데 뇌출혈로 2년이 지나도록 병원에 입원 중이다. 처제는 말도 잘하고 기억력도 좋지만 중심을 잡기 어려워 아직 걷지를 못한다. 휠체어에 오래 앉아 있는 것이 힘이 든단다.

처제와의 첫 번째 만남은 1988년 식이가 독일에서 학위를 마치고 한국에 잠깐 나왔을 때 였다. 고속버스터미널로 그가 마중을 나왔다.

처음 만나는 거였지만 어색함이 전혀 없었고 느낌으로 서로를 알아보았다. 대전 천변에 있던 그 비좁은 주택에서 이틀을 편안하게 보냈다.

처제는 원래 손이 크다. 윤씨 집안의 맏며느리로서 간호사 생활을 하며 처가 식구들과 시댁 식구들까지 챙기는 건강한 사람이었다. 그러나 지금은 걷기 연습을 해야 할 정도로 급격하게 몸이 쇠약해 있다. 이젠 꿈에서라도 보름달처럼 환하고 밝은 미소를 짓는 처제를 보는 것이 식이에게 하나의 소박한 소원이 되었다. 식이에게는 그런 사람들이 몇 있다.

할머니가 그러했다. 할머니는 6·25 때 하루아침에 남편과 큰아들을 잃었다. 할머니는 인심이 후했다. 행상들은 중평리 동네를 찾아오면 하루 종일 장사를 다니다가 저녁 때가 되면 식이네 집으로 왔다. 작은아버지 아이들에다가 행상들까지 모이니 저녁에는 집이 장터같이 시끌벅적했다.

금산 인삼장수, 강경 젓갈장수, 군산 생선장수, 해남 김과 미역장수, 삼척에서 울릉도 오징어를 팔러 온 사람도 있었다. 할머니 살아생전에는 식이네 집이 이들의 숙소였다. 이렇게 할머니가 행상들에게 무료로 숙식을 제공한 것은 큰며느리인 식이 엄마가 행상을 했기 때문이라는 것을 뒤늦게 알게 되었다.

또 한 사람은 익산에 계시던 박건종 목사님이다. 목사님은 체육교사를 하면서 침술을 스스로 익혀 동의보감을 활용하여 전주대학에서 한의학을 가르쳤다. 식이는 목사님의 부탁으로 독일의 침술책을 번역해 드리기도 했다. 지금 목사님은 코로나 백신 부작용으로 인해 병상에 누워 계신다. 안타까운 일이다. 한의대 학장님이 목사님에게 침을 맞을 정도였으니 호남 지방에서는 침의 대가이다. 식이는 목사님과의 만남을 큰 축복으로 소중히 여기고 있다.

식이 가족이 독일에서 귀국한 이후 독일과 문화적으로 전혀 다른 한국생활에 적응하는 데 처제의 도움이 아주 컸다. 처제는 맛있는 꽈배기, 시장 보신탕, 매콤한 뼈다귀 감자탕, 제철 과일인 딸기, 복숭아, 참외, 포도를 연신 사다 날랐다. 독일에서 빠듯한 살림에 절약하여 살다 보니 변변한 옷 한 벌이 없는 걸 본 처제는 가끔 옷 매장에도 데리고 가서 식이 부부에게 옷, 와이셔츠, 바지, 신발, 양말까지 한아름 사서 안겼다.

"언니! 형부! 시골에 살수록 옷도 단정하게 더 잘 갖춰 입어야 해요. 집도 깨끗하게 하고 사세요. 그렇지 않으면 형부와 언니가 동네 사람들 입방아에 올라요."

"집에 옷, 신발 많이 있어! 이제 그만 사자."

그럴 때마다 처제는 식이 부부를 억지로 매장으로 끌고 들어가며 옷도 사서 입히고 신발도 사서 신기고 머리에 모자까지 씌워 주었다.

처제는 이것 저것 많이 사주고 싶어하고, 식이 부부는 가급적 신세를 지지 않으려 해서 세 사람 사이에는 가끔 작은 실랑이가 있다.

처제는 손이 크다. 한동안 식이 집에 있던 옷, 신발, 그릇, 책장, 공구장 등은 모두 다 처제가 사준 것들이었다. 그래서 식이는 부자가 되었다. 식이 집에는 처제 덕분에 없는 것이 없을 정도였다. 만물상이 따로 없었다. 이렇듯 처제는 식이 부부가 한국생활에 잘 적응할 수 있도록 온갖 편의를 제공해 주었다. 처갓집 선산을 정리하여 대전에 아파트도 마련해 주었다. 온갖 살림까지 세심하게 장만해 주며 보살폈다.

그렇게나 많이 사랑의 손길을 내밀던 처제가 뇌출혈로 쓰러지고 말았다. 식이는 처제 생각을 할 때마다 눈시울이 뜨거워진다.

'시간을 되돌릴 수만 있다면 얼마나 좋을까? 건강한 처제의 모습이 그립다.'

처제는 벌써 2년이 넘도록 재활병원에 입원하여 남편과 비좁은 공간에서 생활하고 있다. 처제 역시 재활 치료를 받으며 건강해지려고 최선을 다하고 있다. 2년 이상을 변함없이 아내 곁을 지키며 보살피고 있는 동서의 인내심은 대단하고 치하할 만하다.

오늘은 처제 농장에서 동서와 오랜만에 해후했다. 오전 내내 예초기로 무성히 자란 풀들을 벴다.

동서가 식이에게 농담조로 말했다.

"만일 형님이 저와 같은 입장이었더라면 진즉 처형을 내팽개쳐 버리고 도망갔을 것이오."

"그래, 그 말이 맞아! '에라 모르겠다. 더 이상은 못해! 여보! 나는 간다. 잘 있어!' 그렇게 했겠지."

"하하하."

"하하하."

그렇게 대꾸해서라도 동서에게 위로의 말을 전하고 싶었다. 식이는 동서가 심지가 있고 참 강한 사람이라고 느끼게 된다.

아무리 가족이라도 간병하는 일은 쉽지 않다. 혼자서는 몸을 제대로 움직이지 못하니 24시간 환자의 일거수 일투족을 살펴야 했다. 간이 침대에서 새우잠을 자다가 대소변도 챙기고 세수도 시키고 끼니도 챙겨야 했다. 아침 식사 후에는 재활운동 일과가 시작된다.

환자 옷을 갈아 입히는 것도 요령이 있어야 편하다. 일명 '건벗불입'으로 환자에게 옷을 입히고 벗길 때의 규칙이다. 요양 보호사들이 교육을 받을 때 배우게 된단다.

벗길 때는 건강한 쪽 소매를 먼저 벗기고, 입을 때는 불편한 쪽 소매를 먼저 입혀야 한다는 것이다.

휠체어에 태워 재활운동 장소로 이동하여 운동을 시켰다.

휠체어에 환자를 태우고 내리는 것도 요령이 있어야 한다. 일명 "잠발시팔 잠팔시"다. 언뜻 욕처럼 들리기도 한다. 하지만 욕이 아니다.

휠체어에 태울 때는 휠체어를 움직이지 않게 잠그고, 발판을 펴고, 시트를 확인하고, 팔걸이를 잡는다. 그리고 불편한 쪽을 부축하여 휠체어에 앉도록 한다. 환자는 중증 정도에 따라 조심스럽게 다루는 세심한 주의가 필요하다. 환자가 내린 후에는 정해진 장소에 휠체어를 움직이지 않게 잠그고, 발판을 접고, 시트를 접는다.

차를 타고 내릴 때는 일명 "오지건마, 내지마건" 규칙을 적용한다.

오를 때는 지팡이를 먼저 차에 올려 몸무게 중심을 싣고, 건강한 다리를 먼저 올린 다음, 불편한 다리를 올린다. 내릴 때는 반대로 지팡이로 땅을 짚으면서 몸무게 중심을 싣고, 불편한 다리를 먼저 내린 다음 건강한 다리를 내린다.

혹시나 처제에게 도움이 될까 싶어 식이도 3개월간 이런 방법을 교육받았다. 말은 쉬운데 직접 시연해 보니 마음대로 몸이 움직여 주지 않았다. 새삼 동서가 대단해 보였다.

처제는 무슨 일에든 대충이 없었다. 간호사 시절에는 늑막염에 걸릴 정도로 무리하면서까지 교회활동을 병행했다. 시골 교회학교 교사였는데 신앙심이 깊었다.

식이 부부가 대전에 정착하도록 아파트도 마련해 주고 온갖 살림살이까지 다 챙겨주더니 급기야 언니에게 진 빚을 갚겠노라며 연고도 없는 곳으로 이사를 오라고 제안했다. 타관인 연서면 기룡리에는 처제네 작은 농장이 있었는데 이곳으로 오라는 것이었다. 식이는 처제의 제안을 받아들여 이곳으로 이사했다.

부모님 같은 식이 부부에게 은혜를 갚는다고 하더니만 진즉 가까이 이사와 보니 처제는 '가나안 교인'이 되어 있었다. 그것을 거꾸로 읽으면 '안나가 교인'이다. 교회에 나가지 않는 교인, 즉 불이 활활 타다가 꺼져 버린 숯검정이 되어 있었다.

'처제가 어쩌다가 타다 남은 장작이 되어 버렸을까?'

원래 처제는 그렇지 않았다. 유교사상에 젖어 있는 남편을 교회로 이끈 적극적인 신앙인이었다. 식이가 독일에서 처음 왔을 때는 삼성교회로 안내했다. 그런 처제가 가나안 교인이 되어 버렸다. 이유는 잘 모르겠지만 추측하건대 처제가 10여 년 전 뇌경색으로 병원에 입원하여 재활 치료를 받고 있을 때 동업하던 사람들이 찾아와 더 이상 자기네와 함께 일할 생각하지 말고 그만 손을 떼라고 말했다는 것이다. 그때 마음에 큰 상처를 받은 것이 아닐까 싶다. 그들은 거의 다 교인들이었다.

믿지 않는 사람들도 그렇게는 안 할 것이다. 하나님을 믿는 사람들이 병문안을 와서 한다는 첫 마디가 "더 이상 우리와 함께 일할 생각하지 말라!"라니 충격을 받을 만하다. 처제에게 그 이야기를 들은 후 식이도 '가나안 교인'이 된 처제 입장을 이해할 수 있었다. 아니, 처제의 상황을 있는 그대로 받아들이기로 했다. 아마 그 일이 처제가 교회를 등지게 된 가장 중요한 이유였을 것이다.

사소하지만 처제가 가나안 교인이 되는 데 쐐기를 박은 또 다른 이유는 농사일 때문인 것 같다.

교인들의 배신 이후 처제와 동서는 자신의 좁은 우리 안에 갇혀 버렸다. 사람이 어려움에 처하면 부정적인 생각과 원망을 하게 된다. 세상이 주는 것들에 매몰되는 것이다. 두 사람에게는 교회에 나가면서 갖게 되는 기쁨과 보람이 일순간에 사라져 버렸다. 신앙적으로 시험(Sufferings)에 든 것이었다.

처제와 동서는 세종시에서 차로 30여 분 거리에 있는 기룡리에서 농사일에 전념했다. 닭을 키우고 개를 키우고 식물을 가꾸었다. 농사일 한다는 것을 비난하려는 것이 아니다. 주일날에도 농사에만 전념하고, 교회는 아예 거들떠 보지도 않았다. 한국에 가나안 교인이 200만 명 정도라고 들은 적이 있다. 이 모든 책임은 목회자들에게 있다. 목회자들이 교인들을 잘못 돌보고 인도한 것이다.

식이는 가끔 처제에게 물었다.

"처제가 교회에 다니지 않는 것은 또 하나의 기적이네. 어찌 이럴 수가 있는가?"

"…."

"처제! 하나님을 믿긴 하는가?"

"…."

매번 묵묵부답이다. 이럴 때 침묵은 금이 아니다.

지난 5년간 처제가 교회에 온 것은 두세 번이 전부다. 식이가 캄보디아에 선교사로 갈 때 무거운 짐을 역까지 날라다 주기 위해 잠깐 교회 뒷좌석에 앉아 있었다. 한 번은 교회당 안으로 들어오긴 했으나 잠깐이었다.

식이는 지금도 이렇게 생각하고 있다.

'처제가 교회에 다니지 않는 것은 또 다른 참적(慘跡)이다. 이 참적(慘跡)을 타파할 방법은 하나님의 능력 외에 다른 방법은 없다.'

처제는 급기야 기룡리 350평의 농장을 벗어나 10배 넓이의 과수원까지 사들이면서 농장을 확대하여 공주로 이사를 갔다. 식이네로부터 멀리 벗어났다.

둘이서 복숭아 과수원을 정성껏 가꾸어 여름철이 되면 복숭아 장사를 했다. 장사꾼처럼 여행용 주머니를 옆구리에 차고 상품성이 있는 복숭아를 정성껏 고르는 처제의 모습은 농군 그 자체였다. 처제네 복숭아는 맛있다는 입소문이 나서 서울까지 팔려 나갔다. 식이 생각에도 처제네 복숭아는 정말 맛이 있다.

복숭아 나무를 친환경적으로 관리하기 때문에 처제네 복숭아는 안심하고 먹을 수 있었다.

최상품은 어지간한 배보다 더 컸다. 혹여 복숭아가 상할까봐 식이 부부는 그 옆에 얼씬도 못하게 했다. 그야말로 처제는 세심함의 끝판왕이었다.

"언니! 그 복숭아에 손대지 마요!"

"형부! 복숭아를 따서 나를 때는 더 조심 조심해요! 그렇게 하면 복숭아가 다 상해요."

그럴 땐 마치 처제가 안경을 내려 콧등에 걸치고 기숙사 규율을 지키지 않는 기숙생들을 붙잡아 온갖 벌 주는 것을 취미로 삼는 엄격한 여학교 사감선생님 같았다. 어쨌든 그래야 기숙사가 규율대로 잘 돌아가듯이 실수 없이 과수원도 잘 돌아갔다.

처제는 온갖 정성과 관심을 복숭아에 두었기 때문에 복숭아에서 처제의 손맛이 났다. 분홍색 새악시 볼같이 생긴 처제표 복숭아는 때깔이 좋고 윤이 났다. 종류가 백도라서 잘 익은 것은 숙성시켜 껍질을 손으로 벗겨서 먹었다.

한 입을 베서 입에 넣으면 시큼하면서도 달콤한 과즙이 흘러 넘친다.

"주르륵 주르륵 뚝 뚝 짭 짭. 아, 맛있다."

그 달콤함이 머리에 바로 전달되어 기분이 상쾌하다.

식이는 처제네 복숭아를 먹으며 가끔 전주 이모님댁에서 먹던 복숭아 맛을 떠올렸다.

식이는 처제를 위해 눈물을 흘리며 기도한다. 식이의 식사 때 기도 제목은 "식사 감사와 처제의 건강" 두 가지다. 아내는 날마다 지친 몸을 이끌고 교회를 찾아 새벽기도를 드렸다.

"하나님, 제 여동생이 하루빨리 주님 앞으로 돌아오게 해주십시오."

식이는 아내의 착하고 곱디 고운 마음을 잘 헤아리고 있다.

식이 또한 기도한다.

"처제가 동서와 함께 다시 하나님 품으로 돌아오도록 도와주십시오. 특히 동서가 담배와 술도 딱 끊어 버리게!"

식이 처가는 원래 함경도에서 피난 온 피난민이다. 처음에는 장인 어르신이 갖고 내려온 돈으로 강원도 태백에서 광산 사업을 했다. 그래서 잘 살았다. 그러나 광산 일이 어려워지면서 충청도 청양 정산으로 이사와 정착했다. 광산 사업을 정리하여 남은 돈으로 논, 밭, 산을 사서 농토가 많이 있었다. 그러다 여러 사정으로 인해 가세가 기울기 시작했고, 훗날 식이 아내가 된 옥이가 돈을 벌어서 먹고살아야 하는 처지가 되었다.

"아버님, 어머님! 제가 독일에 가서 돈을 벌어 매달 보낼 테니 생활비로 쓰시고 동생들 학비에도 보태세요. 아버님은 그동안 탄광에서 일하시느라 건강도 좋지 않으시니 더 이상 힘들게 일하지 마시고 제발 좀 쉬세요."

"고맙다만 네가 여자 몸으로 홀로 그 먼 타국까지 가서 고생을 해서 쓰겠냐? 과년한데 시집도 가야 하고 우리는 네가 걱정된다."

어머니 정 권사는 얼굴에 수심이 가득했다.

옥이는 예전부터 신중하게 여러모로 고민해 보았다. 집안일은 장남이 책임지는 것이 당연하겠으나 장남인 오빠가 이미 독립하여 딴집 살림을 하고 있으니 아직 출가하지 않은 맏딸이 집안의 재정을 책임지는 것이 맞다고 생각했다. 옥이는 또순이였다. 아니, '굳세어라 금순이'였다.

그래서 옥이는 간호학교를 졸업한 후 독일로 갔다. 파독 간호사가 된 것이다. 그곳에서 옥이가 벌어서 송금하는 돈으로 한국에 있는 가족들이 생활을 했다. 그리고 동생들은 모두 학교를 다닐 수 있었다.

옥이는 장녀로서 가장 노릇을 도맡았다. 효녀이자 애국자였다.

다행스럽게도 함께 가는 친구들이 있어서 외롭지 않았다.

옥이의 첫 근무지는 독일 뮌헨(München) 근처의 큰 호수가 있는 작은 시골의 휴양지 헤르싱(Herrsching)이었다. 암머제(Ammersee)로 불리는 매우 큰 호숫가에는 백조들이 평화롭게 물위를 헤엄치며 노닐고 있었다. 주말에는 수많은 관광객들이 모여들어 유람선을 타고 부근 도시들로 여행을 했다. 한쪽에서는 수영도 할 수 있었다. 모든 것이 새로웠다. 낯설고 물선 독일이라는 외국에서 일하는 것이 힘든 일임에도 불구하고 가장 기뻤던 것은 매달 받는 월급이었다. 한국과 비교하면 5배가 넘었다. 한국 간호사 월급이 3만 원이라면 독일에서는 약 800마르크, 원화로 환산하면 16만 원 정도였다.

한국에서는 당연히 동생들 학비도 충분하고 가정에 도움이 되었으나 큰 문제가 발생했다. 옥이 어머니인 정 권사가 세운 교회 일로 사달이 났다. 정산교회를 맡고 있던 전도사가 교인들에게 많은 빚을 떠넘기고 떠나버렸던 것이다. 노회에서 전도사 후임으로 다른 전도사를 보내주었다.

남녀 집사들 여럿이 정 권사 집을 찾아왔다.

"정 권사님 계십니까?"

"어서들 오시게."

"앉으시오. 시원한 미숫가루 한 잔 마실라우?"

"괜찮아요. 긴히 드릴 말씀이 있어서 이렇게 왔어요."

"무슨 말씀이신지?"

남자 박 집사가 나서서 자초지종을 털어놓았다.

"아니, 전도사라는 작자가 교인들에게 돈을 꾸어 가더니 이사 간다는 말도 없이 야반도주하면 됩니까? 내 돈 20만 원을 어디서 받아야지요? 전도사가 이러면 저는 앞으로 교회도 나오지 않으려 합니다."

"저는 10만 원입니다."

"저는 15만 원이예유."

"저도 10만 원입니다."

이것만 해도 55만 원이었다. 당시는 매우 큰 돈이었다.

정 권사는 기가 막혔다. 이 정도면 교회문을 닫아야 할 지경이었다.

속으로 기도했다.

'하나님 이 일을 어떻게 해야 할까요?'

응답이 들리는 듯했다.

'갚는다고 말해라! 그 대신 생각해 보면서 말해라!'

퍼뜩 언젠가 전도사가 정 권사에게 "아버지 수술해야 한다"고 하여 도와준 기억이 떠올랐다.

"집사님들 잘 알겠습니다. 제가 갚아드리지요. 전도사님이 그렇게 무례하게 행동한 것은 그분이 나빠서가 아니라 제가 듣기로 고향의 아버님이 수술하셔야 해서 그렇게 한 것 같아요. 그러니 제가 시간이 걸리더라도 갚아드릴게요. 그러니 저를 봐서라도 그만들 돌아가서 기다리세요. 교회를 다닌다 안 다닌다 하는 그런 얘기는 하지 마시고요. 제가 다 갚아드릴게요."

"정말이예유?"

"대신 이자는 못 드려요. 원금만 드릴게요."

"권사님 미안해유."

"정말 미안해유."

"미안합니다."

"감사해요."

"한 가지 부탁은 교회를 위해 이 일은 없던 것으로 합시다. 전도사님은 더 큰 교회로 가셨습니다."

"잘 알았그만이라. 안녕히 계세요."

그들은 밝은 표정으로 돌아갔다.

정 권사는 그날 이후로 보약은커녕 헌금 낼 돈이 없을 정도로 돈을 아껴서 그 빚을 갚기 시작했다. 한 달에 10만 원씩 해서 6개월 동안 그 빚을 다 갚았다. 옥이에게서 매달 오는 돈을 아끼고 아껴서 갚은 것이었다. 그리고 그 이야기는 누구에게도 말하지 않았다.

정 권사는 정말 신앙심이 깊고 속도 깊었다. 하나님께서 자신의 기도를 다 들어주신다고 믿고 기도하고 또 기도했다.

"하나님 아버지! 아들들이야 지들이 알아서 짝을 찾아올 테지만 큰딸 옥이와 작은 것 헌숙이는 보살펴 주세요. 두 딸내미가 부디 부디 좋은 신랑감을 만나서 행복하게 잘 살게 해주세요."

새벽마다 드리는 기도 제목이었다.

아끼고 아끼며 살고 있던 차에 교인들의 수군거림이 시작되었다.

"정 권사님이 교회에 헌금을 조금 밖에 못한다면서?"

"내가 보니까 헌금 주머니에 1,000원짜리 한 장을 넣더라!"

"교회 설립한 권사가 1,000원짜리 한 장이 말이나 돼?"

사람들은 속사정도 모르면서 자기들끼리 삐쭉거리며 수군댔다.

"정 권사님은 큰딸로부터 받는 그 많은 돈을 어데다 다 쓴담?"

어느새 정 권사는 교회에 헌금을 내지 않는 인색한 구두쇠가 되어 있었다.

정 권사는 그 수군거림에 일일이 반응하지 않고 날마다 기도했다.

"하나님 아버지시여, 이 6개월이 빨리 지나가게 해주시옵소서. 그래서 빚을 다 갚고 더 많이 헌금을 하게 해주시옵소서."

작은딸이 신랑감을 데리고 왔다. 공주사대를 졸업한 교사라고 했다. 신랑감으로는 더할 나위 없어 보였다.

"윤씨라고 했던가?"

"예! 저는 윤상화라고 합니다."

"양친은 다 계시고?"

"예, 그렇습니다만 낳아주신 어머님은 제가 어렸을 때 돌아가셨습니다."

"아니 저런, 쯧쯧!"

"지금 어머님이 저를 친자식처럼 잘 키워주셨습니다."

"어르신들 말씀에 낳은 정, 기른 정이 있다 하니 길러주신 어머님께 잘 하게나."

"예, 명심하겠습니다."

정 권사가 슬며시 말을 붙였다.

"한 가지 부탁이 있네만. 교회는 나가는가?"

"저의 집은 유교 집안이라 교회에 나가지 않습니다."

"그러면 더 잘 되었네. 이번 기회에 우리 숙이 따라 교회에 나가 보면 어떨까? 집안에 신앙이 다르면 불화가 생기게 마련이네. 우리 집안은 기독교를 믿는 가정이야!"

"장모님 뜻이 그러시다면 그렇게 하겠습니다."

"엄마, 상화씨가 이미 그렇게 하기로 약속했어요."

"정말이냐? 이 에미가 바라는 것이 바로 하나님을 잘 믿는 신앙 가족이 되는 것이다."

정 권사는 매우 기뻤다.

"고맙네. 예수님을 믿겠다는 작은사위를 얻게 되다니! 아이고 하나님, 감사합니다."

그날부터 처제의 남편 윤 선생은 정 권사를 친어머니처럼 대했다.

결혼 기념으로 송아지 한 마리를 사드렸다. 처갓집에 갈 때마다 용돈도 두둑하게 드렸다.

정 권사는 그 용돈을 모두 교회에 감사 헌금으로 드렸다. 그로 인해 교회의 재정이 튼튼해졌다.

"정 권사님이 지금은 헌금을 제일 많이 내셔. 작은딸의 남편이 공주사대 출신이라던데!"

"돈 많이 벌겠네! 숙이도 보건소에 근무하지 않던가?"

"그렇지!"

"정 권사님은 하나님의 축복을 많이 받으신 분이셔!"

"예전에 헌금을 적게 낸 것은 전도사님 빚을 갚아주시느라고 그랬다 하더라고."

"우리는 그것도 모르고 입방아를 찧었네 그려!"

정 권사는 다시 기도하기 시작했다.

"살아 계신 하나님 아버지! 이제 한 번 더 기도드립니다. 제 큰 딸이 독일 가서 간호사로 일하느라 혼기를 놓쳤습니다. 나이가 벌써 33살입니다. 그애의 동생 숙이는 벌써 아기가 있는데 어떻게 하시렵니까? 좋은 배필을 짝지어 주십시오. 간곡히 부탁드립니다."

옥이는 이런 사실을 전혀 몰랐다. 병원 일을 할 때면 독일 할아버지나 할머니 환자분들이 초콜릿을 주셨다. 그때 한 번씩 얻어 먹는 초콜릿 맛은 절벽에서 채집한 귀한 목청 꿀처럼 달콤하고도 탁 쏘는 맛이 있었다.

가장 답답했던 것은 말이 통하지 않는 것이었다.

그래서 대부분의 한국 간호사들처럼 무조건 "당케 쇤! 당케 쇤!"(Danke schön! Danke schön!, 고맙습니다! 고맙습니다!)을 반복했다. 야단을 맞을 때도 "당케 쇤!"(Danke schön!)이라고 했다. 지금 생각해 보면 독일 사람들 입장에서는 한국 간호사들이 얼마나 황당하고 한심했을까? 한편으로는 한국 간호사들이 그 어려운 상황에서도 웃기를 잘하고 친절하고 무조건 감사하니 매우 귀여웠을지도 모른다.

"웃는 얼굴에 침을 뱉지 못한다"고 하지 않던가?

당시 간호사는 독일에서 3D 직종이었다. 광부도 마찬가지였다. 그 일을 한국인들이 훌륭하게 감당해 냈다. 그들이 독일에서 많은 돈을 벌어 한국의 경제 부흥에 도움이 되었으며, 대통령은 간호사와 광부들을 담보로 독일에서 7,300만 달러의 막대한 차관을 빌려 한국의 산업화를 이룩할 수 있는 종잣돈을 마련할 수 있었다. 이 차관은 산업화의 구축 자금으로 사용되어 포항제철과 경부고속도로, 중화학공업단지 조성 사업에 중요한 재원이 되었다.

옥이는 한인교회를 다녔다. 어렸을 때부터 어머니의 신앙을 물려받았기에 신실한 성도였다. 한인교회 목사님들은 옥이에게 맞는 짝을 구해주려고 소개도 많이 했다. 그러다가 식이를 만나게 되었다. 식이는 가끔 한인교회 연합 모임이 있을 때 옥이를 만났으나 관심이 없었다. 아니, 누구 누구와 연애한다는 소문이 나면 낭패라고 생각했다.

하루는 동생 같은 송재남이 말을 꺼냈다.

"백 목사님! 슈투트가르트(Stuttgart)에 있는 옥이 집사를 소개하고 싶은데 어떻게 생각하시는지요?"

"글쎄, 잘 모르겠어!"

"신앙심도 좋고 집안이 기독교 가정이라 하니 눈여겨 보시지요."

장신대 1년 선배인 김지철 목사님도 말을 꺼냈다. .

"백 목사! 내 생각에는 슈투트가르트에 있는 옥이 집사가 사람이 변함 없이 친절하고 좋은데 어떻게 생각하세요?"

"글쎄요."

"이젠 그렇게 해야 마음이 안정되고 공부에 전념할 수 있을 것 같은데요."

"잘 생각해 보겠습니다."

그러다가 우연이 필연이 되는 날이 찾아왔다.

어느 주일날, 식이가 김종열 목사님 대신 뮌헨(München)에 설교를 하러 가게 되었다. 기차 시간에 쫓겨서 점심을 먹지 못하고 기차 안에서 요기를 해결해야 했다. 기차 시간에 늦지 않으려고 교회 계단을 서둘러 내려오고 있는데 뒤에서 누군가가 식이를 불러 세웠다.

"백 목사님! 이거 갖고 가세요."

"…."

뒤를 돌아보니 옥이 집사였다. 그녀는 손에 치즈와 고기가 들어간 독일 수제 햄버거와 음료수를 들고 있었다. 식이는 되돌아 올라가서 그것을 받아들었다. 그 순간, 전류가 강하게 흐르는 듯 찌릿했다. 그녀의 눈을 처음으로 자세히 바라보았다. 둥그런 눈이 함박꽃에 수놓은 별처럼 반짝였다. 그때 느꼈다. 여자의 힘이 바로 이런 것이구나를.

송재남과 김지철 목사님의 얼굴이 동시에 스쳐 지나갔다.

김헌옥 집사가 사랑스러워 보여 힘껏 안아주고 싶다는 생각이 들었다. 그러나 안될 말이다. 그동안 식이는 "교회 안에서 연애를 하면 안된다"는 나름의 철학을 갖고 있었다.

기차 안에서 햄버거를 먹으며 뮌헨으로 갔다. 30여 명의 교인들과 유학생들이 모이는 작은 교회였지만 그곳도 주님의 거룩

한 몸인 신앙공동체였다. 뮌헨에서 슈투트가르트를 거쳐 튀빙엔(Tübingen)으로 돌아오면 밤 12시가 넘을 것이다. 돌아올 때를 생각해서 오전에 이미 튀빙엔 고개 너머 동네인 베벤하우젠(Bebenhausen)에 자전거를 세워놓고 슈투트가르트에 갔다. 돌아올 때 슈투트가르트에서 자전거를 끌고 고개만 넘으면 튀빙엔이다.

사실, 한밤중에 숲이 울창한 고개를 넘는다는 것은 두려운 일이다. 무엇보다 그림 형제(Brüder Grimm)의 동화책에 나오는 괴상망측한 얼굴에 마법의 주문을 외우는 '숲속의 마녀들'이 금방이라도 빗자루를 들고 나타날 것만 같았다. 그나마 사이클 자전거를 끌고 가니 의지가 되고 위안이 되었다. 여차하면 자전거를 사용하여 물리치면 될 것이다. 숲 초입에서 몽둥이가 될 만한 작대기도 하나 주웠다.

이 자전거는 지난 여름방학 때 하이델베르크(Heidelberg)의 닭잡는 곳(Schlachthaus)에서 두 주간 아르바이트(Arbeit)를 하여 번 돈으로 장만했다. 이 일은 정말 고되었다. 식이에게 주어진 일은 작업대 앞에 서서 자기 앞에 쌓여 있는 닭을 회전하는 갈고리에 거는 일이었는데 식이 앞을 지나가는 쇠고리에 2~3초당 두 마리씩 걸지 않으면 닭이 수북하게 쌓였다. 오전에 수백 마리의 닭을 두 손으로 집어올려서 고리에 걸어야 했다. 첫날은 그 일을 완수하지 못하고 말았다. 동료가 옆에서 도와줘서 겨우 그 일을 해냈다.

오후에는 터키 청년과 함께 닭을 담는 플라스틱 상자를 깨끗하게 수돗물로 닦는 일을 했다. 터키 청년은 성실하지 않았다. 감독관이 오면 부지런히 일하는 시늉을 하다가 그가 사라지면 농땡이를 부렸다.

　속으로 엄청 욕을 했다.
　"저런 빌어먹을 놈 같으니!"
　터키 청년은 투덜이였다.
　"나는 여기서 일하고 싶지 않아."(Ich möchte hier nicht arbeiten.)
　"…."
　"너는 왜 이렇게 열심히 일하니?"(Warum arbeitest du so fleißig?)
　그러다가도 감독관이 오면 열심히 일하는 척을 했다. 정말 빌어먹을 놈이었다.
　아르바이트를 마치고 숙소에 돌아오면 파김치가 되어 그대로 곯아떨어졌다. 결국, 하루는 너무 피곤하여 아르바이트를 가지 못했다. 이렇게 2주 동안 돈을 벌기 위해 열심히 일했다.
　아르바이트를 해서 돈을 받아오던 날 미국 출신 학생이 기다렸다는 듯이 식이에게 제안을 하나 했다.
　자기 자전거를 사라는 것이었다. 자기는 250달러에 샀으나 200달러만 달라고 했다. 생각해 보니 나쁘지 않았다. 그래서 그날로 중고 자전거를 구입했다. 좋은 거래였다.
　식이는 다음날 한 한국 여학생이 싸준 도시락을 그 자전거 뒤에 매달고 하이벨베르크에서 튀빙엔까지 달렸다. 장장 260킬로미터였다.

독일은 자전거 도로가 잘 되어 있었다. 자전거 지도를 하나 마련해 그것을 보면서 달렸다. 중간 중간에 자전거 여행을 하는 사람들을 만났다. 그들은 길가에 있는 사과나무에서 열매를 따먹어도 된다고 했다.

식이는 쉴 때마다 길가에서 사과를 따서 간식으로 먹었다. 사진도 찍었다. 10시간쯤 달린 것 같다. 슈투트가르트에 도착하니 해가 저물었다. 40킬로미터만 더 가면 튀빙엔이지만 슈투트가르트에 사는 유학생 집으로 갔다. 독일에 미술을 공부하러 온 학생이다. 교회에서 함께 예배드리는 사람이라서 부담이 없었다.

"진식아, 나 지금 하이델베르크에서 오는 길이야."

"몇 시 기차로 오셨어요?"

"기차가 아니라 자전거를 타고 왔어."

"정말이에요? 여기서 하이델베르크(Heidelberg)까지는 220킬로미터나 되는데 어떻게 그 먼거리를 자전거로 오셨어요?"

"난 아직 젊어. 그 정도야 식은 죽 먹기지."

"백 목사님 대단하시네요."

"하룻밤 재워줄 수 있겠나? 밥이고 뭐고 아무것도 필요치 않아. 잠만 재워주게."

"네, 어서 오세요."

그렇게 하룻밤 신세를 지게 되었다.

"길가에서 사과 따왔으니 먹게나!"

식이는 10시간 동안 자전거로 그 먼거리를 달려온 지라 눕자마자 깊은 잠에 빠졌다.

다음날 튀빙엔에 도착해 보니 바지 밑이 닳아 해져 있었다. 설상가상 일주일간 걷기가 매우 불편했다.

이후 자전거는 식이의 날렵한 발이 되어 주었다. 한인교회에 갈 때나 학교에 갈 때 늘 자전거를 타고 다녔다. 가끔 철학을 공부하는 친구와 자전거를 타고 호헨엔트링엔(Hohenentringen)으로 산책도 갔다. 울창한 숲을 지나가는 아름다운 길이었다. 왕복 서너 시간이 걸렸다.

정 권사는 큰딸 옥이 결혼을 위해 기도를 시작하고 몇 달 후에 한 통의 편지를 받았다.

어머님 평안하신지요?

동생들과 헌숙이도 잘 있구요?

말씀드릴 일이 있어서 펜을 들었습니다. 교회 사람들의 도움으로 좋은 남편감을 만나게 되었습니다. 신학을 공부하는 사람인데 한국에서 가장 큰 교단의 젊은 목사님입니다. 1949년생이니까 저하고 세 살 터울입니다. 어머님, 독일에서 결혼식을 올려야 할 것 같아요. 날짜가 결정되면 제가 초청할 테니 꼭 오셔야 해요. 오셔서 몇 개월 있다 가셔도 됩니다. 안녕히 계세요.

정 권사는 뛸 듯이 기뻤다. 기쁨에 들떠서 노래 중의 노래, 최상의 노래인 아가서를 펼쳤다.

"내 사랑하는 자야 너는 빨리 달리라 향기로운 산 위에 있는 노루와도 같고 어린 사슴과도 같아라." (아 8:14)

교회로 달려갔다. 정 권사가 밭 300평을 하나님께 바쳐 세운 교회다.

"하나님 아버지, 감사 감사드립니다. 저의 마지막 부탁인 옥이가 배필을 만나게 되었다는 편지가 왔습니다. 결혼식에 저를 초청한답니다. 저는 이제 죽어도 여한이 없습니다. 그저 하나님 아버지께 감사를 드립니다. 감사합니다."

집으로 돌아오는 길에 새로 부임해 오신 전도사님도 만나고 교인들도 심방했다.

"어이 박 집사! 이 집사, 김 집사! 안 집사! 내 말 좀 들어보소. 우리 옥이가 결혼을 한다네. 오늘 편지가 왔어. 상대는 공부하는 목사님이래! 결혼날을 잡아 나를 독일로 초청한다네."

"권사님, 축하드립니다. 하나님이 권사님의 기도를 들어주셨네요. 영특하고 마음씨 고운 옥이가 목사님 사모님이 된다니! 정산 개천에서 용이 났네요. 교인들이 돼지 한 마리 잡아 잔치를 해야겠네요."

"아무렴 그렇게 하세!"

정 권사의 기도는 다 이루어졌다. 큰딸 옥이 결혼식에 참석하러 독일에도 다녀왔고, 옥이가 백씨 집안의 4대 장손을 낳았을 때도 산바라지하러 독일에 다녀왔다.

식이 장모님 정 권사는 1983년, 충남 지방에 폭우가 내리던 날 산에서 토사가 떠밀려 내려와 집을 덮쳐 압사하였다. 자연재해였다. 믿지 않는 사람들은 장모님의 변고가 개죽음이라고 비아냥거렸다. 어찌 보면 고통 없이 천국에 가신 행복한 죽음이었다. 식이의 두 분 어머님은 천국에 계신다.

식이를 바르게 키워주신 덕주라는 이름을 가진 어머니! 20대 초반에 결혼하신 후 6·25 전쟁 때 남편이 행방불명되고 피난살이 고생 고생 끝에 40대 초반에 돌아가셨다.

식이가 30대 중반에 아내와 결혼하여 만난 장모님! 장모님은 60대 초반에 돌아가셨다.

그러나 두 분은 멀리 가신 것이 아니라 식이의 마음속에 살아 계신다. 식이는 천국에서 그분들을 만나 뵈올 그날을 확신하며 기대하고 있다.

식이는 처제와 처제의 간병에 전심 전력하는 동서에게 문자를 보냈다.

"눈이 내리고 비가 오면 보고 싶은 사람들. 처제와 동서."

바로 답장이 왔다.

"너무 감성이 풍부하십니다! 그러니 소설을 쓰시지요."

"하루라도 빨리 처제가 회복되어 두 사람이 주님의 교회에 활기를 활활 불어 넣어주세요."

과수원 복숭아 사진을 찍어 보냈다. 복사꽃이 시들 때 소독을 해야 해서 꽃 상태를 점검하기 위해 찍어 보낸 것이다. 편리한 세상이다.

"수고하셨어요. 소독은 좀 더 있다 해야 할 것 같네요. 꽃이 90퍼센트 정도 폈을 때 소독하는 것이 좋아요. 좋은 하루 되세요."

또 문자를 보냈다.

"견공들에게 사료와 물을 주고 왔어요. 오랜만에 갔더니 반갑다고 소리 소리지르며 띕니다. 사람이 그리웠나 봅니다."

"…."

"처제와 동서가 따뜻한 밥을 해먹을 수 있도록 전기밥솥을 수리해 놓았으니 퇴원이 가능하다면 와서 자연의 품을 느껴보세요."

답장이 왔다.

"감사합니다. 근데 걷는 것이 아직 걸음마 수준이랍니다. 좀 더 있어야 한다네요."

"우리 처제가 애기가 되었네. 이젠 너무 커서 업어 줄 수도 없고. 언제나 다정히 함께 걸어 볼 수 있을까? 그래도 처제는 행복한 사람이야. 엄마 같은 언니와 찰떡 같은 서방님이 계시니."

식이는 처제 신세를 생각하다가 부지불식간에 신음소리를 낼 때가 있다.

처제네 농장에 다녀오느라 식이는 오늘 도서관에 1시간 반이

나 늦게 왔다. 그래도 보람을 느낀다. 아침 일찍 서둘러 집을 나서 주인 없는 텅빈 처제네 농장으로 갔다. 견공들에게 사료와 물을 주고 닭들에게 모이와 물을 준 다음 심어 놓은 부추와 양파 주위의 풀들을 뽑았다.

"왜 맨손으로 일을 해요! 진드기 붙으면 어쩌려고?"

아내는 어느 때는 시어머니 같다. 괜한 걱정에 잔소리가 많다.

"손에 흙을 묻혀야 건강하다던데?"

"그건 옛날 말이에요. 진드기는 조심해야 돼요."

아내의 말이 옳다. 손을 여러 번 씻고 또 씻었다.

그 후 아내는 치과에 갔고, 식이는 처제가 퇴원할 때를 위해 밥솥을 들고 서비스 센터에 갔다. 수리를 하고 나니 새 밥솥이 되었다.

"주여! 자비의 손길을 처제에게 내리소서. 잘 걸을 수 있게 하소서."

가난한 자와 함께하신 프란치스코 교황님이 돌아가셨다. 러시아의 푸틴 대통령과 미국의 트럼프 대통령이 "프란치스코 교황의 선종에 깊은 애도를 표한다"고 했다. 프란치스코 교황님은 돌아가시면서도 화려함 대신 소박함을 택하셨다. 그 마음에 경의를 표한다.

농부들이 일하기 좋은 계절에 들어섰다. 올해는 처제가 복숭아 따는 일을 다시 했으면 좋겠다. 몸이 예전과 같이 완전하진 않더라도 과수원에서 처제를 볼 수 있다면 그것만으로도 행복할 것 같다.

　작년에는 탄저병에 걸려서 복숭아 농사를 완전히 망쳤다. 부지런한 처제가 없으니 티가 났다. 궁여지책으로 전주에 있는 지인들에게 먹을 만한 것으로 골라서 따가라고 했더니 7~8명이 왔다. 복숭아를 딸 때 보니 어린 아이처럼 좋아했다.

　맛있고 탐스러운 처제표 복숭아를 만들려면 어린 복숭아를 인정사정없이 따내고 봉지를 싸매주고 소독을 제때 해야 한다. 할 일이 아주 많다. 소설 작업이 끝나면 탐스러운 처제표 복숭아 만들기에 도전해 보려 한다.

　그간 예초기로 복숭아나무 주변의 풀을 많이 베다 보니 풀 베는 전문가가 되었다. 올해는 작년의 실패를 교훈 삼아 탐스러운 복숭아를 만들어 낼 작정이다.

　"처제여, 돌아오라. 하루라도 빨리 주님의 품으로. 남편과 함께. 부모님이 하늘나라에서 우리를 위해 기도하고 계시단다."

책장을 닫으며

모든 생명체는 세포분열을 통해 성장한다. 사람에게 분열아란 많은 사람과 접촉하는 것을 말한다.

이 책의 주인공 식이도 하나의 생명체이다.

온전한 생명체가 되기 위해 식이 엄마 덕주는 식이를 보다 더 넓은 공간으로 이주시키려 했다.

오래전에 가야 했던 그곳.

집과 논과 밭과 산까지 식이 이름으로 되어있던 그곳으로 가야만 했다.

그런데 차마 그곳으로는 가지 못했다.

자신을 숨기고 아들까지 숨기고 살아야만 했던 십여 년의 세월이 흘러갔다. 식이만큼은 이방인으로 살던 이곳을 벗어나도록 해야 했다. 그 일은 쉽지 않았다.

다행스럽게도 그녀는 영생교회 부흥회에서 말씀을 붙잡았다.

하나님의 음성이었다.

"보라 내가 새 일을 행하리라."(이사야 43:19) 이 말씀이었다.

하나님의 약속은 과거의 어려움과 자신을 얽매이던 모든 속박에서 벗어나게 했다.

그녀는 뜨거운 회개의 눈물을 흘렸다.

"주여! 저의 믿음이 없음을 용서하소서."

전주에서 여산에 온 그녀는 식이에게 말했다.

"식이야! 너도 이제 철이 들었으니 보다 더 넓은 곳으로 가면 어떨까?"

"어데로 가요?"

"전주로!"

"여산의 친구들은 어떡하고요?"

"친구와 함께 살 수는 없어! 떨어져 살아도 친구는 친구로 남는 거야."

"그럼 엄마도 나와 함께 전주로 가요?"

"엄마는 여기에서 돈을 벌어 네 학비를 보내주어야지."

"나는 엄마하고 함께 살고 싶어요."

"사내아이가 엄마의 치맛자락만 잡고 있으면 바보 멍텅구리가 된단다. 호호호호."

엄마가 웃었다. 식이도 웃었다. "하하하하. 나는 바보 멍텅구리가 아니예요."

"물론 식이는 바보 멍텅구리가 아니지. 운동회에서도 매번 달리기 1등을 하고 글짓기 상도 받았고 편지도 잘 쓰고 매일 일기도 쓰고 개근상, 우등상도 받고, 선생님 칭찬도 듣고, 교회에서 연극도 잘하고, 매년 크리스마스에는 상도 한 아름 받아오고… 그래서 식이는 어데 가던지 잘 할꺼야!"

엄마는 식이를 치켜세웠다.

"그래도 나는 엄마하고 함께 살고 싶어요."

"전주에 가면 네 누이 숙이도 있고, 할머님이 계시고, 작은 아버지도 너를 잘 돌봐주실 거야."

식이는 이렇게 엄마와 생이별을 했다.

생명체가 성장하기 위해서는 영양소가 필요하다. 신진대사는 물론 주위를 둘러싼 다른 생명체들의 영향을 받는다. 식물로 비유하면 땅의 비옥함과 적절한 습기, 온도, 바람, 벌과 나비 그리고 주위에 함께 공존하는 같은 종의 식물들과 다양한 잡초들이다.

전학을 갔다.

새로 만난 아이들 속으로 들어갔다.

전주는 시골과 달랐다.

사람도 많고, 버스도 타야 하고, 아이들은 과외도 받는다고 하고… 모든 것이 돈으로 해결되는 듯했다. 자본주의 사회였다.

새로운 사람들을 많이 만났다.

식이는 콩나물 시루 같은 버스는 타지 않았다. 아침마다 차비가 없어서 온 집안이 발을 동동 구르는 이웃집 아줌마를 보면서 식이는 차라리 걷는 것을 선택했다.

마이크로 시내버스가 등장하던 시기였다. 12인승에 30명을 쑤셔 집어 놓고 달리던 그 버스를 요리저리 피해 먼지를 마시며 날마다 걸었다. 비가 오는 날은 그 차들이 튕겨대는 진흙탕물을 피하기 위해 비껴서야 했다. 비가 오는 날이면 비를 흠뻑 맞으며 걸었다. 걸으며 생각을 했다. 생각하면서 영어 단어와 수학 공식을 외웠다. 국어 책의 40페이지나 되는 시를 다 외워버렸다. 잘 외우기 위해서 서울에서 산 기억술 책도 적용해 보았다.

수업료를 제때 내지 못해 집에 쫓겨 가기도 했다. 차마 그말은 못 했다. 답안지를 다 쓴 시험지를 뺏겨도 보았다. 서러워 울다가 서무과에서 시험지를 다시 받아 답을 썼다. 그래서 더 이를 악물고 밤샘 공부를 했다. 졸리면 온몸에 찬물을 끼얹었다. 그 결과 A급 장학생 되었다. 시험지 답안 채점을 하게 되었다. 그야말로 전쟁터의 모범 전사가 되었다.

그때마다 따뜻한 위로와 응원을 아끼지 않으셨던 학교와 교회의 새로운 친구들과 교우님들에게 감사를 드린다.

식이의 생활 터전은 집과 학교와 교회였다.

그곳을 오가면서 그저 걸었다. 사랑을 찾는 하나의 구도자가 되어 걷고 또 걸었다. 걸으며 생각했다. 걸으며 외웠다. 걸으며 내일을 설계했다. 그래서 대학에 갔다.

격전지 대행진도 했다.

정치가 왜 소중한지도 알게 되었다.

그것을 사랑이라는 주제로 서술하려 한다.

2025년 9월 30일
세종국립도서관에서
배경식 (筆名 방아다리)